Aqui. Neste lugar.

Maria José Silveira

Aqui. Neste lugar.

autêntica contemporânea

Copyright © 2022 Maria José Silveira

Todos os direitos reservados pela Autêntica Editora Ltda. Nenhuma parte desta publicação poderá ser reproduzida, seja por meios mecânicos, eletrônicos, seja via cópia xerográfica, sem a autorização prévia da Editora.

EDITORA RESPONSÁVEL
Ana Elisa Ribeiro

CAPA E ILUSTRAÇÃO DE CAPA
Letícia Naves

EDITORA ASSISTENTE
Rafaela Lamas

DIAGRAMAÇÃO
Guilherme Fagundes

REVISÃO
Ana Elisa Ribeiro
André Figueiredo Freitas

**Dados Internacionais de Catalogação na Publicação (CIP)
(Câmara Brasileira do Livro, SP, Brasil)**

Silveira, Maria José
   Aqui. Neste lugar. / Maria José Silveira. -- Belo Horizonte, MG : Autêntica Contemporânea, 2022.

   ISBN 978-65-5928-154-1

   1. Ficção brasileira I. Título.

22-101336   CDD-B869.3

Índices para catálogo sistemático:

1. Ficção : Literatura brasileira B869.3

Eliete Marques da Silva - Bibliotecária - CRB-8/9380

A **AUTÊNTICA CONTEMPORÂNEA** É UMA EDITORA DO **GRUPO AUTÊNTICA**

Belo Horizonte
Rua Carlos Turner, 420
Silveira . 31140-520
Belo Horizonte . MG
Tel.: (55 31) 3465 4500

São Paulo
Av. Paulista, 2.073 . Conjunto Nacional
Horsa I . Sala 309 . Cerqueira César
01311-940 . São Paulo . SP
Tel.: (55 11) 3034 4468

www.grupoautentica.com.br
SAC: atendimentoleitor@grupoautentica.com.br

Para Mário de Andrade, autor de *Macunaíma*, um dos nossos primeiros romances-fantasia. (Sim, coraçõezinhos dos outros, muito dele está presente neste livro, como Ci do Mato, Véi, a Sol, Mianiquê-Teibê, Macu e Naíma, e tantos outros de seus grandes pequenos achados dos quais fui me apropriando por ali, por aqui; e muitos ditos, casos e expressões populares que Mário usou, eu também uso. Mas não me acusem de indevida apropriação; me acusem de devido amor.)

Para Tavão, *in memoriam.*
Para Felipe, sempre.

Prólogo

Na Cidade das Tendas, só uma delas está iluminada a esta hora da madrugada.

O cheiro forte de suor e estrume, que vem dos grandes estábulos e predomina sobre tudo, ali cede um pouco para outro cheiro forte: o de sangue, placenta e leite. O cheiro de mulheres parindo e bebês nascendo: aquela é a tenda de nascimento sob os cuidados de mulheres mais velhas e atentas. Os bebês com vagina são imediatamente jogados no chão para que conheçam desde cedo a vida bruta de guerreiras. Já os que têm pênis são recebidos com ternura. Que sua vida fugaz seja doce, pelo menos nesse brevíssimo momento.

Uma icamiaba sai da tenda carregando com cuidado um pequeno cesto.

Monta em seu cavalo, galopando em direção ao Despenhadeiro dos Infantes. Quem a vê passar, no breu da noite, inclina a cabeça em sinal de deferência e pesar. O despenhadeiro é distante, e, quando chega, ela sequer olha para o conteúdo do cesto. Num gesto automático, despeja-o no abismo, e continua sem olhar. Não vê bracinhos e perninhas espernando rosados ou ainda com os laivos vermelhos do sangue do parto; é provável que tampouco escute os gritinhos agudos desses recém-nascidos machos em sua queda vertiginosa para a morte. Monta outra vez em seu cavalo e regressa, ainda mais veloz, ao lugar de onde veio.

Talvez tenha outro cesto à sua espera. Ela preferiria que não.

Eu também. Preferiria que não. Eu que sou Ci, Mãe do Mato, e se já não sou terrena, sou a estrela Beta do Centauro. Neste firmamento. De onde vejo e ouço minhas Icamiabas.

Vejo-as e ouço. Elas são minhas filhas.

Capítulo 1

O galope dos cascos de cavalos estraçalhando folhas galhos gravetos cascalhos e terra dura invade a floresta antes mesmo que elas apareçam, o grupo verde das cinco icamiabas em cavalgada. Montam em pelo e sem rédeas, abraçando a montaria com braços musculosos e dedos alongados de arqueiras.

São duas cabeças – a da mulher e a do cavalo – com um mesmo lombo no corpo do animal de quatro membros. Vestem-se de verde, cobrem os cabelos com capacetes verdes trançados de cipó grosso, os apetrechos e flechas e os próprios cavalos estão também pintados de verde. Tudo é verde em torno delas, a cor da camuflagem quando saem em expedições ou serviços da guerra, como essas que estão voltando de sua missão de espionagem.

O rumo da cavalgada é o extenso campo no fundo do vale cercado de grandes rochas marrons escarpadas, onde está acontecendo a festa das Icamiabas.

Há barracas de muitas cores e vários cercados para cavalos, uns maiores, outros menores, onde artistas demonstram suas habilidades. Grupos executam números de ginástica sobre cavalos brancos; outros, números de coreografias com cavalos de cores diversas; outros demonstram apenas o que um cavalo bem treinado é capaz de fazer.

A multidão de mulheres altas e musculosas aplaude o espetáculo. Entre elas, guerreiras artistas cantoras musicistas comerciantes agricultoras artesãs cozinheiras e magas. Velhas adultas jovens e crianças, cada uma com a graça de sua especialidade e posição.

É dia de festa. Os risos e as conversas das vozes femininas sobem nos agudos da celebração. Que ouço daqui. Ah! Com que saudades!

Lá está a Grande Mãe Guerreira – que hoje é quem um dia eu fui. Ela passa por entre os cercados, acompanhada de sua coorte, parando para acompanhar melhor uma ou outra exibição. É de muita lindeza a rainha, vestes trançadas de capim dourado, cabelos também trançados como se trança o capim; é a única que os tem longos quando quer. E todas querem. Como eu também quis no meu tempo. Quando passa com seu grupo, é olhada com admiração e amor e respeito, os sentimentos que seu povo sente por ela.

Nesse momento, elas estão chegando ao único cercado onde não tem cavalos. Tem homens. Três homens e uma mulher. De pele negra, com outro tipo de veste, feita de tecidos de cores fortes e desenhos diferentes, as mulheres portando turbantes, os homens, faixas estreitas rodeando a cabeça. Fazem acrobacias e exibem um leão e uma girafa. As icamiabas, sobretudo as mais jovens e curiosas, estão boquiabertas: é a primeira vez que veem uma exibição do Povo da Chuva e seus animais exóticos.

Em outro ponto, há música e danças tambores muitos tambores tamborins maracas flautas longas flautas curtas, e é para lá que a comitiva da Grande Mãe se dirige.

Parte dos sons de toda essa agitação chega ao alto de uma das rochas escarpadas em volta, onde algo destoa do ambiente feminino e festivo. Ainda que longe e escondida das sentinelas, está uma mulher, a Desterrada, cercada de adolescentes e crianças, só machos.

As cinco icamiabas a galope passam ao largo deles, antes de descerem ao descampado, quando, então, diminuem a velocidade para atravessar sem incidentes por entre as barracas de comes e bebes. Na confusão da feira, a marcha delas por alguns momentos se vê prejudicada, embora todos da multidão abram caminho para a passagem das "verdes", tão logo veem a cor da guerra.

As cinco icamiabas procuram a comitiva da Grande Mãe Guerreira.

E ali estão elas subindo no estrado: a Grande Mãe com suas cores douradas, minha cor preferida; a guardiã, de cabelos brancos e veste trançada de capim branco; as demais conselheiras e comandantes com vestes trançadas e tingidas de escarlate, todas com as mesmas sandálias de cipó trançado que machucam um pouco os pés quando usadas pela primeira vez, e essas são tão novas que ainda chiam ao se comprimirem contra a madeira de envira-preta. Os risos e conversas param assim que uma delas vê o grupo chegando. O caminho se abre até o estrado. A capitã do grupo das cavaleiras desmonta, ajoelha-se, diz:

– Os herdeiros da Terra Sem Males correm perigo, Grande Mãe. Viemos avisá-la, enquanto parte de nosso grupo seguiu para alertá-los.

Ah, eis o que eu não! Não queria ouvir! O povo do meu amado. Outra vez em perigo.

Daqui também os vejo, à enorme distância. A capitã icamiaba está sentada na roda que se formou na maloca do Mais Velho, na aldeia do Primeiro Povo. A tarde mal se anunciou e na pequena roda estão, também, o tuxaua e sua primeira filha, Li.

Falam baixo, sobretudo o tuxaua de voz arrastada que mais parece um grunhido manso. Se eu não o conhecesse, poderia achar que fala com indiferença ou preguiça, mas não é isso. É o controle de um chefe que sabe o tamanho de sua responsabilidade, e medita sobre o que diz.

– Pediremos ao nosso povo que permaneça nos arredores da aldeia e esteja em alerta. Avisarei que estamos em perigo. Só receio pelos jovens, que ficarão em polvorosa, menos por temores do que pela excitação da novidade.

– Cuidaremos deles – diz a capitã icamiaba. – É bom que sejam treinados para que possam se defender, caso chegue a ser necessário. Por enquanto, não há como saber quantos eles serão e quando chegarão. O que sabemos é que estão preparando um grande ataque, e devemos nos preparar também.

O tuxaua se levanta, saindo com a capitã para tomar as primeiras providências. O Mais Velho e sua discípula Li permanecem na tenda. Ela prepara um cachimbo de ervas para ele, que lhe diz, na voz roufenha e abafada de fumador constante:

– Se esses que cobiçam tanto o nosso segredo pudessem entender o quanto ele é simples.

Lu, irmã mais nova de Li, põe sua cara na porta da maloca, corada pela corrida que vinha de dar:

– Alguém sabe onde estão os jovens? Tem uma convocação para todos virem à Tomada das Decisões e não consigo encontrá-los.

Li entrega o cachimbo ao Mais Velho.

– Acho que sei – diz. – Vou chamá-los. Posso demorar, mas tenho quase certeza de que estarão lá.

Do fundo da maloca, em uma rede obscurecida na penumbra, ouve-se uma voz quase infantil, "Aiiii que preguiça!". Um vulto se espicha e vira para o outro lado na rede trançada. É ele! Esse é um lugar quase sempre tranquilo. Escurecido e cheiroso. O melhor lugar que meu Macu poderia ter escolhido. Para ficar. Ele e Naíma, o gêmeo que ele deu de inventar, depois que virei estrela. Para não ficar só. Entendo. Para quem já inventou de ser louro de olho azul. Tudo bem querer um irmão gêmeo. Pelo menos voltou a ser "preto retinto como o escuro da noite". Do jeito que eu gosto.

Antes de sair, Li prepara uma pequena bolsa a tiracolo. É uma boa caminhada até o Lago Azul, e ela tem pressa.

Véi, a Sol, já vai pra seu descanso quando Li escuta ao longe a alarido das vozes dos rapazes:

– Ui, ui, ui! Uiara!

– Vem, vem!

Estava certa. Sempre que podem, os moços da aldeia vão brincar com Uiara, a bela que habita o fundo do lago de um azul tão puro que deve ter sido o lugar onde o azul foi inventado. Uiara tem a pele morena e longos cabelos, como o negro da graúna, e pode até ser clichê antigo falar assim, mas não tem comparação melhor para o cabelo dela do que as lustrosas asas do pássaro mais negro. Olhos de água, boquinha e nariz moldados com perfeição pelo remanso. De peixe tem o rabo de escamas multicores.

Os moços gostam de desafiá-la a aparecer, com todo tipo de chamados ofertas adulação. Mas quando ela põe sua encantadora cabeça pra fora d'água e vê que são eles, mergulha outra vez. Mas rapazes são rapazes, não desistem. Querem vê-la melhor. Demoradamente. Oferecem presentes, oferecem cantorias, oferecem elogios. Não resistindo, ela põe de fora a cabeça de mulher feita ou o rabo de escamas multicores, e mergulha outra vez; aparece e desaparece, vai e vem. Quando está de bom humor, brinca assim com seus admiradores; quando não está, afunda logo da primeira vez.

Parece uma brincadeira um tanto imatura, e é. Sobretudo perigosa. Se Uiara decidir encantar algum deles, o jovem estará perdido.

Por serem rapazes do Primeiro Povo, ela tenta não se meter com eles, tenta resistir à tentação. Mas não é fácil controlar a própria natureza, e a natureza dela é encantar; já houve vezes em que perdeu a paciência e levou jovens para o fundo, o que pode muito bem acontecer a qualquer momento. Por isso, por não querer causar problemas a quem considera quase como parente, tão logo se dá conta de quem são eles, o que ela faz, na maioria das vezes, é mergulhar rápido para escapulir de qualquer tentação, mas, ai!, jovens são jovens, não desistem fácil, e continuam.

– Ui, ui, ui Uiarinha!
– Aqui, maravilhosa!
– Aceite esse colar!

Como fazer para resistir?

A chegada de Li interrompe a brincadeira. Ela avisa sobre a convocação importante e rara, e todos imediatamente a seguem de volta à aldeia. Um deles, no entanto, fica um pouco pra trás, jogando pedrinhas brancas no lago, tentando ter ainda um último relance da beleza mágica da mulher-peixe.

Li se vira e chama o irmão mais novo:
– Lá, venha! A convocação é urgente!

Como se deixasse o coração para trás, ele vai.

Em outro canto da terra, à outra grande distância dali, vejo o deserto amarelo do El Dorado, onde os reflexos de Véi, a Sol, são tão afiados a esta hora do dia que olho humano nenhum consegue pousar diretamente em seu brilho. Tudo ali é deserto, tudo é montanha de metal, tudo é ouro e pirita, tudo é excesso de brilho amarelo se estendendo a perder de vista.

Indo na confortável liteira coberta de cores negras, levada por escravos com anteparos de casca de madeira em volta dos olhos para que não fiquem cegos cedo demais, está o Senhor daquela terra de esplendor absoluto e absoluta miséria. Ali não tem água, não tem cultivo, nada cresce nem tem vida na imensidão dourada, mas é dali, daquela fulgurância quase insuportável, que vem sua insuperável riqueza e poder.

Em contraste com o Senhor que vai na liteira, e mesmo com os escravos musculosos que a puxam, os que trabalham na mina são quase esqueletos.

Só se vê carne nos recém-chegados, por isso são os que vão à frente, puxando a corrente, e cuja força vem mais da quantidade do que da energia dos que a puxam. Os recém-chegados são os que às vezes ainda causam problema; há os que se rebelam, os que tentam desesperadamente fugir como se não fosse impossível, e são pegos, espancados, mas não imediatamente mortos. São braços valiosos para o trabalho, que se encarrega, por si só, de matá-los em questão de semanas ou, no melhor dos casos, em poucos meses.

O Senhor inspeciona o que pretendia inspecionar e agora exige rapidez dos carregadores porque odeia aquele ambiente. Não pelo espetáculo do formigueiro de trabalhadores até onde a vista alcança, pois isso de fato ele acha espetacular, e é o objeto e a razão de sua vida. Mas odeia o calor brutal e a falta de cheiro do local. O deserto é tão inóspito que nem o suor dos trabalhadores chega a se consolidar: evapora imediatamente sem deixar vestígio, como se sequer tivesse sido produzido. O sangue das feridas abertas pelo chicote ou pelos chutes seca quase imediatamente, como crostas na pedra.

O que odeia ainda mais quando está ali é que, por alguma razão que jamais saberá, e com demasiada frequência, lhe vem a percepção aguda de que não tem tudo. Que, aliás, não tem nada, enquanto não tiver o segredo da Terra Sem Males. O segredo da vida e do sentido de tudo aquilo. Cuja falta lhe provoca esse aterrador vazio, mesmo frente ao formigueiro de escravos e ao dourado abrasador do seu deserto. Esses dias, tem sentido uma ansiedade quase insana de colocar em execução a invasão longamente planejada, que o fará detentor do segredo que almeja mais do que tudo na vida. Talvez esteja ficando obcecado como um louco, talvez esteja mesmo ficando louco, mas não se importa. Nada mais lhe importa, a não ser a guerra que prepara.

Ao chegar ao alto da sua montanha de pedra púrpura, a rocha onde seus antepassados construíram sua fortaleza e alojaram seu exército, desembaraça-se da liteira e convoca uma reunião imediata com seus comandantes. Passa pela esposa e mal a vê. A Senhora está ao lado da fonte, no centro do Palácio da Pedra, de onde jorra uma água cristalina cujo murmúrio contagiante é a grande atração das redondezas. Água doce é um bem tão escasso e disputado quanto a comida que vem de fora, da costa negra do mar.

Ele segue direto até o salão, onde já estão três dos convocados, todos com o mesmo tipo de roupa, mantos feitos de tecidos pretos. Ali tudo é escuro, ensombrecido, todos se vestem de cores foscas, marrons ou pretas, para compensar a luminosidade excessiva do deserto de ouro. É também perfumado como todo o palácio, um perfume suave de fundo cuja intenção é disfarçar a falta de cheiro de qualquer outra coisa. É constantemente aspergido por duas servas surdas-mudas que continuamente passam de cômodo a cômodo, noite e dia. A aridez que seca os suores dos vivos seca também o cheiro de qualquer coisa em volta.

– O embaixador já regressou? – pergunta.

– Ainda não – responde um deles.

– Devia ter regressado – diz outro.

– Com essa demora não podemos decidir nada! – esbraveja o Senhor, girando em torno do grupo pequeno, incapaz de ficar imóvel. – Sem a resposta dos Homens Sem Cor, nossa estratégia inexiste, e qualquer reunião é inútil. – Perdendo a pouca paciência, enxota seus comandantes com as mãos. – Vão, vão, saiam!

As faces encovadas do seu rosto magro se afundam na tentativa de conter a raiva da frustração, e as bochechas chupadas sofrem um ligeiro tremor, perceptível apenas por quem está muito perto, coisa rara de acontecer.

A raiva não é só pela frustração. Nos últimos tempos, ela lhe vem de tudo. Cerra os dentes e a testa larga se enche de linhas; tem o corpo de musculatura rígida, forte como tronco de uma árvore que não existe ali. Sente-se profundamente irritado. Não pela primeira vez, ocorre-lhe que está por um triz, à beira de uma escarpa cujo fundo se precipita em chamas, erguendo seus braços abrasadores na ânsia de agarrá-lo.

Vai até a janela estreita e olha, quase em pânico, o deserto reluzente que se estende embaixo, na vastidão.

Se são os Homens Sem Cor que ele espera, posso também vê-los daqui, em outra terra árida e muito muito distante, formada de cavernas grutas e pilhas de imundícies. Esses homens desterrados de vários lugares se amontoam em um canto perto do grande rio, sem ordem nem preocupações. A maioria tem a pele de cor desmaiada, impossível de definir; outros são um pouco menos descoloridos, principalmente na barba e nos cabelos, onde se vislumbra um tom qualquer de amarelado. São altos, de ombros largos, músculos salientes, quase gigantes. São mercenários. Predadores. Um dos primeiros povos, talvez, de quem se poderia dizer que a grama não volta a crescer por onde passam. Vivem para a guerra, e nada mais lhes interessa, em seu permanente estado de provisoriedade.

Não cheguei a temê-los. No meu tempo. Sua força bruta parece lhes ter devorado o cérebro.

Desde alguns meses, no entanto, algo vem provocando um estranho contraste no lugar: estátuas em ouro e tamanho natural de vários animais que não vivem por aqui – condores lhamas vicunhas coelhos lebres – e que eles trouxeram de algum lugar por onde passaram nas cordilheiras distantes. Trouxeram porque acharam engraçadas. Trouxeram porque poderiam ser deuses que lhes dessem sorte. Trouxeram por puro capricho. Ou como símbolo de sua riqueza atual. O fato é que trouxeram. Das cordilheiras de muito longe. E apesar do peso. Não são homens de temer o cansaço.

As estátuas estão espalhadas pelos locais por onde os grupos se dispersam, e alguns homens se apoiam nelas ou se sentam sobre elas, tentando passar o tempo tedioso à espera da próxima expedição guerreira. Muitos alcoolizados ou drogados, outros agrupados em taciturno silêncio, e outros ainda, os que são pura força de músculos protuberantes, duros como rocha, competindo entre si, erguendo troncos grossos, pedras enormes, ou companheiros mais fracos que são levantados como blocos no ar e atirados longe.

Se morrem ou se aleijam, azar o deles; ninguém se importa com isso. Mais tarde, servos incapazes de cuidar de tanta sujeira vão levá-los para uma gruta bem distante destinada a receber cadáveres.

Na caverna maior estão o Chefe e seus homens mais próximos frente ao embaixador do El Dorado.

— E não é que você tem mesmo coragem de repetir a oferta ofensiva de seu Senhor? — o Chefe, um homem ainda mais forte, ainda mais musculoso e ainda mais sem cor que os outros, pergunta, sacudindo-se com gargalhadas que soam como urros de um leão. Vira-se para seus homens, que também gargalham. — Quem esse pedaço de intestino podre pensa que somos?

Gargalham ainda mais alto enquanto o embaixador do El Dorado e seus dois acompanhantes baixam a cabeça e tremem. Suas roupas negras são curtas e um risco de urina desce pelas pernas nuas do mais jovem deles. A fedentina parece vir de mais coisas.

— Sua oferta é tão descabida — continua o Chefe, controlando-se para que sua voz saia clara — que minha resposta não pode ser outra senão esta. — Vira-se para seus guardas e ordena: Executem essas três lombrigas. Matem-nas como bem quiserem.

Os guardas se lançam sobre os três e, puxando-os para fora pelos pés, atiram aos berros seus corpos espernenantes na clareira onde os grupos estão espalhados, alguns comendo, outros se drogando, outros apenas deitados ou sentados.

– Tomem. É de vocês – um dos guardas grita e os grupos começam a jogar os três corpos de um lado para o outro, gritando rosnando se divertindo.

Em poucos minutos, já entediados com a brincadeira, chutarão os pedaços de carne fresca quase irreconhecíveis para um lado, onde ficarão apodrecendo. Os Homens Sem Cor não são canibais, exceto em momentos de precisão.

Capítulo 2

As manhãs do El Dorado estão tensas. Mais do que o habitual.

Os servos das choças ao redor do palácio entram no pátio central pelo grande portão. Têm seus afazeres, e com eles entram também as filas de meninos carregando baldes em direção à fonte cristalina onde se abastecem com a água do dia. Estão todos, servos e meninos, com mantos e capuzes escuros e velhos, cheios de rasgões. Os que estão descalços esforçam-se para pisar por entre as fissuras das pedras já escaldantes, embora o sol mal tenha nascido. É um povo que, desde o começo do dia, anda pelas sombras.

No salão do palácio, o Senhor e três conselheiros recebem um dos homens que acaba de chegar, trazido pelos guardas, em estado de extrema exaustão.

– Fala – ordena.

– Todos estão mortos, Senhor.

– Quem?

– O embaixador e todos eles. Mortos, Senhor. Os mercenários mataram todos. Escapei porque me foi ordenado ficar distante, em vigilância.

– Mataram? Por que motivo?

– Pelos gritos que escutei de onde estava, a oferta feita pelo embaixador foi considerada ofensiva.

– Queriam mais??!

– Penso que não, Senhor.

– Diga o que sabe.

– No caminho, uns dias antes de chegar, encontramos um homem do mato, desses que andam solitários e não fazem mal a ninguém. Ele contou que os Homens Sem Cor, desde que estiveram nas altas montanhas, voltaram ricos demais, a terra deles agora está cheia de estátuas de animais de ouro e prata em tamanho natural e de grande peso, as grutas estão adornadas com todo tipo de objetos de ouro, não se interessam por mais riqueza, já têm toda a riqueza que poderiam desejar, o que não têm são mulheres. As poucas que são capturadas morrem logo porque não resistem à quantidade deles. Mulheres e erva-da-noite, foi isso o que o homem do mato disse que eles procuram.

– Soa como verdade – comenta um dos conselheiros.
– Mulheres e erva-da-noite.

Outro acrescenta:

– São homens sem famílias. Precisam de mulheres.

– Mulheres como as Icamiabas – diz outro, excitado pelo óbvio que acabara de perceber. – Eles as odeiam. Se souberem que é contra elas a nossa guerra, poderão se interessar.

– Ofereceremos a eles todas as que forem capturadas.

– Mas e a erva-da-noite? Onde encontrar a quantidade suficiente para saciá-los?

– Penso em uma ideia – diz outro. – Não seria exatamente a erva-da-noite que eles conhecem, mas algo parecido, ou até melhor. Deixem comigo.

Depois de uma pequena pausa, ouve-se a voz metálica do Senhor:

– Quem poderia voltar levando-lhes nossa nova oferta com urgência?

Todos ali são homens viciados em ação e perigo. Um se adianta:

– Providenciarei isso, Senhor. – E para o mensageiro diz: – Venha comigo.

Os outros também o seguem e no salão fica apenas o que se responsabilizou pela erva-da-noite. É ligeiramente manco, a pele do rosto pregueada pelo sol excessivo. Seus olhos, afetados pela luminosidade do deserto amarelo, têm uma cor esmaecida, indicando a pouca visão.

– Pressinto que os morcegos vermelhos estejam atormentando suas noites, irmão. Algo parece incomodá-lo mais do que o habitual, Senhor – ele diz.

– Como não me incomodar com esse odioso segredo do Povo sem Males? Não terei paz enquanto não descobrir o que é, Cinamur. Esse desejo de conhecimento, essa curiosidade, chame como quiser, é o inimigo que me consome noite e dia por dentro, afronta o meu poder, e me derrubará se eu não conseguir vencê-lo.

– Permita-me lembrá-lo, irmão, que tal alternativa não existe. Ninguém resistirá ao nosso exército aliado ao dos mercenários. Das outras vezes, fomos afoitos e não reunimos tantos homens. A quantidade é nossa nova e invencível qualidade. É o que vem sendo provado por nossas incursões.

– Resta um problema. Se os mercenários já estão assim tão ricos, como será possível controlá-los? São homens sem lei e sem causa. Como garantir obediência?

– Não creio que seja um problema. Eles podem rejeitar um compromisso, mas quando o assumem, são forçados a honrá-lo. Isso é vital para eles. Se não honrassem a própria palavra, não poderiam ser o que são; além de não ter mais contratos, seriam, ao contrário, perseguidos por todo canto. Mesmo sem lei, têm consciência de que a vontade deles termina no momento em que firmam um compromisso. São homens sem lei, sim, mas têm seu código de honra, que é ferrenho depois do compromisso feito. A palavra dada é o que honram. Além disso, temos nossa nova erva-da-noite. Seus poderes podem ser intensificados, se necessário.

Os dois se compreendem. Cinamur conhece o irmão mais do que qualquer outra pessoa. Foi quem o criou e lhe ensinou o controle dos senhores. Nascido com o pé torto, sequer foi cogitado como herdeiro do poder, mas foi ensinado em outras artes e soube se tornar necessário ao irmão.

Três crianças entram correndo no salão seguidas por duas mulheres agitadas, que tentam impedi-las. O suave cheiro do habitual perfume de fundo se intensifica, acrescido pelos perfumes diferentes com que se encharcam continuamente homens mulheres crianças. Antes era um apreciador dessa variação de odores, hoje se sente agredido. Faz um gesto para as mulheres se afastarem enquanto os meninos correm até ele.

– Papai, papai! – os dois menores gritam. A menorzinha tenta subir em seu colo. O outro menino a derruba para que possa ele mesmo subir. A menina morde os lábios, mas não chora. Tenta empurrar o maior do colo do pai, que observa sem expressão os dois, mas dirige um comentário a seu irmão e conselheiro: – Veja como são ferozes. Darão trabalho a quem ousar lhes desafiar a vontade.

O terceiro menino, no entanto, mantém-se afastado do pai, do tio e dos irmãos. Olha apenas e, tal qual os do pai, em seus olhos não há expressão. Não usa nenhum perfume e mesmo o tio, que se orgulha de ser tão ciente de tudo, passa por ele ao sair e mal o percebe, envolto pelas sombras das cortinas pesadas e volumosas.

Volto meus olhos para a aldeia do Primeiro Povo que parece outra, agora que todos se preparam para a defesa, caso algum ataque aconteça. Há longo longo tempo seus inimigos não atacam. Há longo tempo não aparecem à conquista do segredo da Terra Sem Males. Tanto tempo que os mais jovens sequer compreendem bem o que significa ser atacado.

A azáfama de hoje segue as instruções das icamiabas. Elas sabem que são praticamente invencíveis, e travarão os combates mais duros, mas, sendo o imprevisível parte da natureza de uma guerra, o mínimo que todos podem fazer é se preparar. As instrutoras treinam os que desejam ser treinados no arco e flecha, na azagaia, na lança, no punhal e no arremesso de pedra e das sarabatanas com dardos envenenados de curare.

Suas aljavas de capim verde, trançado em um trabalho primoroso, agora estão penduradas não de través em seus pescoços esguios, mas nos galhos das árvores próximas, enquanto elas orientam também os mais velhos e as crianças na formação de barreiras.

Embora a situação pudesse ser tensa e sombria, não o é. Parece mais uma algazarra curiosa, essa mudança do cotidiano. Ninguém demonstra preocupação. Ou porque confiam na invencibilidade das guardiãs icamiabas; ou porque acham muito difícil que os inimigos possam chegar até lá; ou porque sua natureza alegre e otimista sempre vence os prognósticos pessimistas. O fato é que ninguém ali está preocupado demais ou ansioso demais ou temeroso demais. Houve uma mudança na aldeia e eles a encaram como algo que é preciso enfrentar da melhor maneira possível.

Os jovens, sobretudo, excitados, estão mais alegres do que o usual. Treinam a pontaria, erram ou acertam, não importa. Tudo é novidade, mesmo quando as icamiabas são severas como sabem ser, quando necessário.

Denda, a icamiaba de pele morena, testa alta, nariz afilado e cabelos castanhos curtinhos, a mais alta e musculosa das que estão ali para treiná-los, é também a mais inflexível e autoritária. Criada como foi na disciplina, impõe ordem, ameaça se não é obedecida e sente-se cada vez mais impaciente com esse povo indisciplinado e leve. Tem vontade de colocar alguns daqueles jovens em fila e lhes dar umas chicotadas. Lã, o filho caçula do cacique, é um deles. É quase impossível dobrar a indisciplina do rapaz.

Lã é baixo e atarracado, mas ágil como bicho do mato. Tem olho bom, esperteza e força no braço. Será um bom guerreiro se conseguir vencer a impaciência e o riso frouxo. Se alguém dá um golpe errado, ele primeiro se torce de rir e, depois, sem esperar a palavra da instrutora, vai e mostra seus truques. Como não domina a técnica certa, o que dá certo para ele nem sempre dá certo para outro, e Denda tem o trabalho dobrado de desensinar o que ele tentou ensinar, para então ensinar o que deve ser feito. Todos, então, passam a rir dele e a indisciplina se estende. No fim do dia, ela está exausta.

Os homens e mulheres adultos, os já com filhos, os que já passaram por treinamentos parecidos, participam dos exercícios com disposição, mas sem o entusiasmo dos jovens. Talvez tenham uma compreensão maior da necessidade de paz na aldeia; talvez já tenham descoberto os prazeres que vêm da tranquilidade, e não da inquietude; talvez já tenham experimentado tudo aquilo e, com a maturidade adquirida, coloquem a expectativa de uma guerra em sua realista dimensão. Estão dispostos, mas serenos. Sabem melhor das coisas. Defenderão sua aldeia com toda a força e vontade, mas torcem para que isso não seja necessário.

Alheio a tudo aquilo e desconhecendo qualquer ameaça de guerra, um rapaz treina passos de uma estranha luta que mais parece dança, na praia do Lago Azul.

Seu corpo de músculos definidos, pele negra como se envernizada pelo suor, traços fortes no rosto que parece esculpido, forma uma visão extraordinária para Uiara. Talvez ela nunca tenha visto pele daquela cor. Talvez nunca tenha visto uma dança-luta como aquela. Talvez nunca tenha sentido a agulhada da indiferença de alguém que passa por ali e não a chama. Intriga-se. Então esse jovem não sabe quem vive ali? Nunca ouviu falar de sua beleza? Não joga pedrinhas, não a chama, não canta para ela, não lhe oferece presentes e elogios? Não sabe que esse lago é dela?

Quem é ele? De onde veio?

Por entre as grandes pedras brancas de um recanto do seu lago, ela o examina, e quanto mais o examina, mais intrigada fica.

Sei como ela se sente. Ah, se sei!

Outro povo que também vejo treinar para a guerra é o meu. De quem me orgulho tanto. O que não é novidade. Para as Icamiabas, o treinamento faz parte do dia a dia. Somos um povo guerreiro. Que dedica as manhãs ao magnífico espetáculo do exercício cotidiano de destreza. E disciplina.

As guerreiras sem o seio direito, com suas faixas ao redor do tórax, são perfeitamente destras no arremesso das pesadas flechas. Manipuladas por suas mãos peritas, elas parecem leves e absolutamente certeiras. A pontaria da maioria atinge a totalidade dos alvos.

O treinamento é duro, em grupos que se dividem, a princípio, por idade: crianças jovens adultas. Cada um desses grupos tem seu cotidiano de exercícios, entre relinchos de cavalos, bater de cascos, ordens gritadas ou transmitidas apenas por um gesto. Mas só as mulheres já formadas vão de fato à guerra. As crianças e as púberes treinam apenas, aprendendo a formar um corpo só com seus cavalos e suas flechas.

No alto da elevação que abarca o campo de exercícios, a Grande Mãe e sua coorte observam. Também elas treinam cotidianamente, e agora, ainda com os trajes trançados de montaria, o cheiro intensamente doce do suor de fêmeas mesclado ao cheiro mais forte e áspero do suor dos seus cavalos, comentam o espetáculo à frente.

– Estão prontas, como sempre. Todos os dias, estão prontas para o que for preciso – diz, com controlado orgulho, a que comanda os treinos.

A Grande Mãe assente. Sabe que é verdade: as Icamiabas estão sempre prontas. Seu exército não é tão grande quanto o dos inimigos, mas é poderoso. Nunca foi fácil vencê-las.

Vira o cavalo, seguida pelas outras, e se dirigem para a Cidade das Tendas. Param para conversar aqui e ali. As comerciantes lhes mostram tecidos, as responsáveis pelas tendas dos reprodutores acenam sorridentes, as coletoras oferecem cestos de frutas e legumes, as caçadoras contam como foram as caçadas do dia. As mulheres comandantes são afáveis, acessíveis e fáceis de agradar.

Capítulo 3

No fundo do Despenhadeiro dos Infantes, próximos à pilha dos cadáveres dos bebês machos, a Desterrada e um jovem adolescente veem o urubu-rei alçar voo. Maior do que os outros, é fácil distingui-lo pelo colorido, crista cabeça e papo vermelhos, colar de plumagem cinzenta no pescoço dorso e laterais amarelados. É rei porque é o mais forte e, se está alçando voo agora, é sinal de que o bando sinistro e negro dos outros, respeitosamente afastados enquanto ele se locupletava, agora avançará.

Este é o mais horroroso dos momentos, mas a mulher e o jovem se apressam e correm até lá. Apesar da angústia e urgência, examinam com cuidado os recém-nascidos caídos entre as pilhas dos pequeninos cadáveres em diferentes estados de putrefação, misturados a montes de miúdas caveiras e ossinhos. Exalam um cheiro pútrido, e os dois têm de enxotar as moscas varejeiras e os gordos urubus do bando negro à medida que caminham com dificuldade, procurando os pequenos sobreviventes.

São pilhas terríveis, essas, até para mim. Entendo a tradição do nosso povo. Sei que para as mulheres icamiabas não há saída.

– Aqui! – diz o jovem, meio afundado na pilha horripilante, onde pega um bebê ainda vivo entre os mortos.

A mulher o recebe nos braços.

– Este é o único de hoje. Vamos.

Afastam-se com pressa e caminham por uma longa trilha até a caverna onde habitam. Vários meninos de idades diferentes, vestidos com rústicas tangas de capim trançado, correm ao encontro deles e os recebem, alvoroçados. Um deles, maiorzinho, tira leite de uma cabra e vai alimentar o bebê, enquanto os menores fazem uma pequena festa em torno do recém-chegado.

A mulher esquenta-se à fogueira, de olho neles.

Está em um momento confuso de sua vida. Não sabe o que fazer com seus meninos, cujo número já é considerável. Quando conseguiu fugir com seu filho, não teve coragem de se afastar demais. Abrigou-se ali nas pedras, e meio por instinto começou a recolher os bebês jogados.

Poucos eram salvos. A maioria morria durante a queda, batendo nas quinas da rocha, ou ao cair nas pedras ou nos ossos pontiagudos dos pequenos cadáveres já sem carne. Mas os que ela salva crescem bem. A natureza é pródiga com o que eles precisam para viver. E cuidar da natureza, que tudo lhes oferece, é a lei máxima de seu povo, lei que ela continua a obedecer e ensinar aos meninos, cujos quadris estreitos e torsos magros um dia se encherão de carne e músculos, e eles terão de partir.

Às vezes ela ainda se pergunta por que se rebelou contra a lei que era também a sua. Que instinto a fez formar essa colônia de pequenos machos sequestrados à morte? Espera um dia compreender o sentido daquilo; por enquanto, basta-lhe constatar que, não fossem eles, ela não teria alegrias, nem mesmo razões para sobreviver.

Daqui do meu canto, já não tendo mais os dilemas. Que acometem os mortais. Sinto-me em paz para dizer que gosto dessa mulher. E seus meninos. Embora tenha renegado o costume fundador do nosso povo, há algo nela que. Impõe respeito. Gosto de gente assim.

    Na Cidade das Tendas, a Grande Mãe Guerreira recebe uma embaixada do El Dorado.
    A guerra com eles é iminente, mas ainda não foi declarada; eles são recebidos com a cortesia que lhes é devida.
    Todo homem que chega ali é tratado como um precioso bem escasso, um possível reprodutor. Também nesse caso. As jovens em período fértil são chamadas e estão presentes para seduzir o embaixador e os três acompanhantes. Para examiná-los (algumas são muito novas e ainda estão aprendendo como é feito um homem), acariciá-los e estimulá-los entre danças músicas boa comida bebida. Eles passarão gozosos momentos ali, antes de partirem.
    O embaixador diz o motivo de sua vinda: resgatar os guerreiros sequestrados e aprisionados pelas amazonas em sua recente incursão às terras do El Dorado.
    – O embaixador usa palavras duras. – A Grande Mãe lhe sorri. – Sequestrados e aprisionados. Essa não é nossa maneira de agir. Não temos sequestrados nem prisioneiros na Cidade das Tendas. Temos visitantes e hóspedes, como os senhores serão, pelo menos por uma noite, espero.
    – Sua hospitalidade é famosa, e agradeço. Mas onde estão meus guerreiros?
    – Não creio que saber desse paradeiro conste da minha lista de obrigações. Seus guerreiros são homens crescidos. Fortes musculosos independentes. Com certeza, também bonitos. Como posso saber deles? Não somos amas. Quando nossos hóspedes partem, como saber para onde vão? Pode ser que tenham se perdido, ou foram aprisionados ou

sequestrados por outros, não por nós. Os que ficaram, se é que algum foi escolhido e desejou desfrutar um pouco mais do convívio com minhas filhas, esses eu certamente sei onde estão. Poderemos ir até lá, tão logo o embaixador deseje.

– Se puder me fazer essa gentileza, gostaria de vê-los agora.

A Grande Mãe levanta-se, dona de si, serena e altiva, e o conduz pelas tendas que se erguem a certa distância uma da outra, até chegarem à que está toda iluminada e de onde sai o som de música de flautas, e também risos que se ouvem de longe. É colorida, perfumada e alegre: a Tenda dos Reprodutores. São recebidos por Mazuca, a responsável, e suas auxiliares. Entre elas, alguns poucos homens, que parecem estranhos ali, e de fato o são, mais ainda se deixarem, em algum gesto, suas mãos aparecerem, com apenas o polegar e o mindinho. São auxiliares e criados dos reprodutores. São velhos e anões, e extremamente parecidos um com outro.

– Aqui hospedamos os homens que escolhemos, e desde que desejem permanecer conosco por algum tempo, embaixador – diz sua anfitriã. – Será que encontrará aqueles que procura? São livres e podem partir quando quiserem, mas advirto que muitos preferem permanecer em nossa companhia. Foram escolhidos e convidados a ficar, enquanto se mantêm como bons reprodutores necessários. São tratados maravilhosamente bem.

O que o embaixador vai comprovando ao passar e abrir os biombos trançados das alcovas da tenda, onde homens saudáveis e fortes jogam setas ao alvo, outros fumam e bebem parecendo relaxados e confortáveis, e muitos brincam com as icamiabas, jovens ou já maduras. Em uma das alcovas, encontra cinco dos seus homens, três com as mulheres sentadas em seus joelhos, as mãos em seus pênis duros; outro, gemendo, debaixo de uma icamiaba suando a pleno galope, montada em seu pau; outro, ao parecer, cochilando depois das brincadeiras.

Ao reconhecê-lo, os homens tentam se endireitar e se cobrir, como se pegos em flagrante de um crime. O embaixador, rosto imóvel pela frieza e desprezo, lhes pergunta:

– É verdade que vocês estão aqui porque quiseram ficar?

Embaraçados, eles assentem.

– E os outros, onde estão?

– Partiram – um deles responde. Seu peito desnudo está cheio de cordões de onde pendem muiraquitãs, a pedra verde em forma de animal que as Icamiabas presenteiam aos homens com quem se deitam. Acrescenta com certo orgulho. – Não foram escolhidos nem convidados para ficar.

O embaixador se aproxima e o esbofeteia. Gira-se e volta por onde entrou. Um dos seus acompanhantes fica para trás por alguns segundos, admirando os mantos muito finos e coloridos que certamente agora são deles. Pega cada um nas mãos, passando os dedos por entre suas aberturas, sentindo a suavidade de um tecido que não conhece e do qual lhe parece difícil se separar. Um dos Sem-Dedos pensa lhe dizer que pode levar um como presente, mas se cala, tal oferecimento não cabe a ele fazer. Com um suspiro, o visitante devolve-os ao lugar onde estavam, e também sai.

A comitiva do embaixador retorna à tenda principal, onde são outra vez envolvidos pelas jovens férteis, com suas doces bebidas da flor de zíaco, carinhos disposição e muita casquinha de açaí roxo nos lábios. Naquela terra sem homens, não se pode desperdiçar a passagem de nenhum possível reprodutor.

O Senhor do El Dorado está em sua sala. Sentado em uma poltrona de encosto alto, olhando pela abertura estreita e comprida que faz as vezes de janela e se abre do chão ao teto para a vastidão do deserto. Os dois filhos menores estão perto, sentados no chão atapetado, olhando disfarçados para o pai, do qual estão proibidos de se aproximar nesse momento. O filho do meio não está sentado com os irmãos, talvez nem esteja ali. Sua esposa e Dezengor, o filho mais velho, cochicham de um lado.

– O que anda passando pela cabeça do pai? – Dezengor pergunta. – Sequer me avisou da reunião com os conselheiros.

– Não sei dizer, filho. Seu pai agora fica mudo o tempo todo. Se continuar assim, esquecerei sua voz.

– Estará preocupado com essa guerra boba?

– O Senhor não se preocupa com as guerras. Sempre é vencedor. Ter um número de guerreiros avassaladoramente maior do que seus oponentes é estratégia que nunca falha.

– Esse povo que ele quer conquistar não tem sequer exército.

– Não se esqueça de que tem a proteção das diabólicas mulheres-cavalos.

– E daí? – o rapaz diz, rosto vincado de desprezo.

– Respeito ao inimigo é necessário para vencer, filho.

– Respeitar um bando de mulheres atrofiadas e malucas? Quando eu governar, acabarei com elas. Meu pai é muito lento para resolver essas coisas.

– Abaixe a voz, filho. Não o perturbe.

– E por que raios ele quer tanto conquistar um povo que nada tem? Nenhuma riqueza, nem escravos, nada que preste.

– É um desejo antigo que ele herdou do próprio pai. Um desejo que se acirra a cada tentativa frustrada.

– Não suporto essa espera prolongada e o marasmo que isso traz. Que venha logo essa maldita guerra!

Impaciente, sem modos, insolente: a fina flor daquele deserto dourado. Levanta-se e sai, batendo a porta com estupidez. A segunda filha, que estava de lado, observando com olhos de raiva o irmão cochichar com a mãe, estremece com o bater da porta pesada.

A esposa olha para o Senhor, que mal se mexeu com o barulho que Dezengor fez ao sair. Ela realmente não sabe por que seu esposo está assim, se soubesse teria dito ao adorado filho. Sente que o mutismo do marido a exclui de coisas importantes. Fundamentais. Antes não era assim. Antes costumavam conversar, e ele a punha a par do que planejava fazer. Não mais. Agora, aquele silêncio, aquela indiferença, como se a esposa não estivesse mais ali. Antes, ele a amava. Acariciava seus volumosos cabelos louros e dizia: "Adoro sua juba sedosa, minha macaca". Não mais. Não agora, que seus cabelos são apenas a juba branca e seca de uma macaca velha.

Mas ela não deixará que as coisas fiquem assim. Não aceitará ser menosprezada e posta de lado. Aproxima-se do marido e faz massagens em suas costas.

– A cada dia o vejo mais preocupado – diz a voz treinada em delicadezas. – Até seu filho já notou.

– Notou... – ele zomba. – Esse inútil é incapaz de notar qualquer coisa, a não ser que ela atropele seu nariz. – Vira-se para a esposa. – Não estou preocupado, já lhe disse. Deixe-me em paz.

Ergue-se e sai, enxotando os dois filhos menores que, ao verem o pai se mexer, haviam se precipitado em sua direção. Parecem grudes, esses dois. Não o maiorzinho, que também estava na sala, mas à distância, observando na sombra.

Tenho vontade de ver algo mais doce. E me volto para o Primeiro Povo.

A aldeia parece deserta. Todos já se recolheram. Alguns casais ainda brincam por ali. Logo também pegarão no sono. Só o Mais Velho e Li, sentados na maloca, fumam o longo retorcido e ancestral cachimbo sagrado.

Li dá uma tragada, prende a fumaça até seu limite e a solta em exalações curtas, vendo-as subir em círculos que se alargam e se ampliam em outros círculos, cada vez mais finos, até desaparecer no alto. Passa o cachimbo para o velho.

– Há algo que não entendo – ela diz. – Quem espalhou que a Terra Sem Males tem um grande segredo?

– A incompreensão.

Li aguarda que o Mais Velho continue, o que ele faz.

– Muitas pessoas, quando não conseguem entender alguma coisa, criam outra no lugar. Incapazes de entender que uma terra sem males, onde a comida é farta, o povo vive livre com alegria e amor, é o que todas as terras seriam se seu próprio povo não as transformasse no que agora são. – Rugas fundas em sua boca sem dentes se afundam ainda mais quando ele traga o cachimbo e solta a fumaça, que faz o mesmo movimento, em círculos que se ampliam e se afinam até desaparecer no alto da choupana. A diferença é que a fumaça dele é absolutamente branca, a de Li, cinza. – É nos sonhos que a Terra Sem Males existe, e no que fazemos para realizar o que sonhamos. Mas essas pessoas acham que não pode ser apenas isso. Acham que existe um lugar e que há um segredo, e não um comportamento para se chegar lá.

– Mas o que eles acham que esse segredo contém? – Li solta os círculos de sua fumaça cinza.

– Isso lhes perguntaremos no dia que chegarem. Um dia chegarão. Não sei se agora. Mas um dia chegarão. E tomarão o que temos. Nos massacrarão. Nos expulsarão. Dirão que esta terra não é nossa. E, quando nada mais do que é nosso restar, eles nos desprezarão.

Na rede no fundo da tenda, um calombo se vira, abre um dos olhos, respira contente a fumaça, e volta a dormir. Outro calombo parece estar mais fundo na rede, mas não se pode ter certeza.

– Tento imaginar o que eles pensam – continua o Velho. – O que cobiçam. O que precisam ter. Como se fosse algo que, se não tiverem, o que eles já têm, mesmo sendo muito, perde o valor. Se eu conseguir entender o fundo do que eles desejam, talvez consiga convencê-los de que não somos uma ameaça.

As baforadas continuam e os círculos da fumaça se ampliam na escuridão da noite, envolvendo a aldeia na paz noturna em que todos já repousam, exceto o Mais Velho e sua discípula. Eles escutam o coaxar de sapos, ruídos de insetos e aves noturnas, o voo do morcego branco, as ondas do ar deslocado pelos animais que se movem à noite entre folhas galhos cipós crepitando ao vento, águas despencando nas cachoeiras e cataratas, estalidos da descarga elétrica do poraquê nas cabeceiras do rio, ribanceiras de argila vermelha deslizando com um glupt surdo nas águas barrentas, e sentem os cheiros da terra mata e noite.

A floresta nunca dorme. Os xamãs e seus discípulos também não.

Capítulo 4

Algo acontece no território dos Homens Sem Cor. Um bando deles, em frente à caverna do Chefe, alguns sentados nas estátuas douradas, outros de pé, solta impropérios e gargalhadas vendo outra comitiva do El Dorado chegar com a bandeira das embaixadas. Preveem uma nova diversão, como aconteceu com a embaixada anterior.

É uma comitiva menor do que a outra, com apenas três homens, e passa temerosa por entre os brutamontes, sob a frágil proteção que a bandeira da embaixada ainda dá, até que o Chefe se pronuncie sobre o que vão lhe propor. Os três, cabeças cobertas pelos capuzes de seus mantos escuros, entram na caverna onde mais estátuas de ouro estão espalhadas, brilho agora ofuscado pela pouca luz. Rapidamente, o embaixador calcula o tamanho do saque que deve ter sofrido o povo das cordilheiras por onde eles passaram, os que criaram aquelas estátuas extraordinárias. Ninguém tem a expertise que o povo do El Dorado tem para apreciar a habilidade do trabalho feito, e a quantidade de ouro exigida para fundir tantos objetos.

Risadas de escárnio os recebem.

– Vieram se suicidar? – zomba o Chefe.

O novo embaixador é homem experiente, bajulador na medida certa, e está preparado para tudo, mesmo para aquele povo selvagem e sujo, com suas estátuas de ouro puro, da mesma pureza que o ouro do El Dorado. Sabe se portar com autoridade, e sabe do valor de sua proposta.

Tão logo explicita que a guerra será, de fato, contra as Icamiabas, e que a erva-da-noite será distribuída e ofertada em grandes quantidades, como a bebida e a comida, o Chefe e seus homens cessam as zombarias e confabulam entre si. Guerrear contra as mulheres-cavalos e fazê-las reféns é o que mais desejam; e também a erva de que tanto gostam e não é nada fácil encontrar, não é coisa na qual se tropeça como no capim. Lutar por um estoque dela não é apenas bom, mas necessário. Aceitam sem delongas o que lhes é proposto, que era exatamente o que lhes interessava ouvir.

Estão, de fato, morrendo por uma nova guerra. Não têm nenhuma disposição para a inação que lhes pesa como uma praga. Querem a guerra, qualquer guerra, quanto mais guerra, melhor, e comemoram o anúncio. São homens sem regras – a não ser na disciplina necessária às batalhas – e suas comemorações são arruaças e brigas corporais. A maneira como mostram o ânimo com o anúncio do novo contrato é esmurrando uns aos outros, fazendo o sangue brotar em vários corpos, entre urras e gritos.

Não é com o mesmo prazer, no entanto, que o Chefe e seu Mão Direita olham aquilo. Talvez também já tenham sido assim; não são mais. Para comandar é preciso pensar. E aquela horda de guerreiros não pensa. É composta por vários núcleos dispersos de fugitivos renegados expulsos desgarrados. Homens de várias procedências que vivem em trânsito, no intervalo do entre guerras, mas sempre voltam para esse lugar onde se juntaram, desbotaram sua cor, e é o que mais perto conseguiriam ter do que se poderia chamar de lar. Comem animais crus ou assados nas fogueiras, tomam bebidas fermentadas, dormem nas grutas quando cai chuva. Não há mulheres entre eles. Quando sequestram alguma, os que estão mais perto a usam até que se torne imprestável ou morra.

Vivem para a guerra e as ervas e poções que possam levá-los ao outro mundo, como a erva-da-noite, a que mais apreciam.

Atrás dos morros onde estão suas grutas passa o grande rio, o caminho para chegar ao mar, que consideram a força da qual proveem. Ancoradas por toda a orla estão suas grandes barcaças, com as quais vão e vêm, sabe-se lá de onde ou para onde, e nem quando. Algumas poucas vezes deram as costas para as águas e saíram em direção às grandes cordilheiras do outro lado. Foram e voltaram, e não pretendem voltar outra vez. Confirmaram que é às águas que efetivamente pertencem.

Na manhã seguinte ao anúncio da aliança para a guerra, o Chefe e seus homens descem até o cais para inspecionar os preparativos e os consertos de manutenção das barcaças. Há grupos que trabalham, outros que lutam entre si, e outros que estão deitados, entorpecidos. São homens que se entendem apenas pela e na ação. Não são de grandes conversas, e sim de gritos grunhidos socos pontapés e gargalhadas.

Para quem os vê de fora, com os tórax peludos à mostra, parecem uma manada de javalis descoloridos.

Há uma lista dos suprimentos de que precisam a ser feita para a longa viagem pelo rio até a Terra do Primeiro Povo. O Chefe passa entre eles para escolher os que enviará ao comércio do Povo da Chuva. É preciso escolher com cuidado os poucos capazes de entender que não é nada bom destruir quem, como os Feirantes Negros, não representa nenhum perigo, além de fornecer coisas de que precisam. A maioria desses homens só fala a língua da destruição. Tomar espancar matar. Não pensam que amanhã precisarão de mais do que tomaram; de quem tomarão, se já destruíram todos?

Ele escolhe três dos mais velhos e menos aguerridos e três dos meninos, que seguirão com seu Mão Direita para negociar com os Homens da Chuva. A viagem é cansativa e demorada, e é preciso que voltem o quanto antes.

A Terra da Chuva é uma pequena península ligada ao grande continente por um istmo deserto. Os mais velhos contam que um dia esse pedaço de terra se deslocou pela Grande Água de Sal até se acoplar a esse novo ambiente habitado por povos com a pele de cor diferente da negra, como a deles.

No clima novo e desconhecido, a chuva veio fazer parte do dia a dia. Tiveram de se adaptar e aprender como cultivar a terra úmida. Cercaram as poucas casas da antiga aldeia com diques de terra e pedra, onde as torrentes lamacentas formadas pelas chuvas batiam e tomavam outra direção, encaminhando-se para o riacho grosso de barro que passou a cercar a aldeia. Poças d'água cobrem os pés que tentam escapar da lama pura e simples que tomou toda a extensão em volta. O cheiro de umidade e mofo penetra e corrompe o que restou da outra terra da qual se desgarraram.

Era terra de muito sol e calor, e alguns deles nunca se adaptaram ao novo ambiente chuvoso. Procuraram outros caminhos. Foram tantos os que abandonaram a aldeia que o Rei Negro proibiu as saídas. Seu povo já era pequeno, quem restará, se todos quiserem sair dali? Não pode deixar que diminuam ainda mais, ou que se acabem. Pior que perder a vida seria perder a razão de viver: voltar à terra perdida. Com seus homens leais, persegue e traz de volta os que tentam fugir da chuva ininterrupta.

Os que conheceram a terra antiga, seca e quente tentam aliviar a saudade cultivando os antigos hábitos, e suas músicas danças artesanatos. Enfeitam com muitas cores suas casas feitas de pedra. Não desejam guerras e se dão bem com os vizinhos que mais conhecem, as Icamiabas e o Primeiro Povo. Como eles, também temem os guerreiros do El Dorado à procura de escravos, e querem distância dos mercenários sem cor, certos de que roubarão suas mulheres, ainda que, por necessidade, sejam forçados a manter relações comerciais com os pequenos grupos deles que algumas vezes aparecem em suas feiras.

Como os que acabaram de chegar, um grupo de seis, fazendo a arruaça que lhes é habitual, mas sendo controlados pelo que parece mandar e que negocia com um e outro. Querem sobretudo apetrechos de ferro, mas compram o que veem, deixando as barracas vazias. Os feirantes têm medo, mas como não ficar satisfeito com o pagamento em ouro? Seja como for, os guardas da aldeia estão a postos e são em número bem maior. Por mais que a intenção do grupo de mercenários pareça ser apenas comprar, quando um daqueles brutamontes albinos se faz de atrevido, eles o cercam e a tensão se amaina.

Maior perigo correm as mulheres, alertadas para se trancarem nas casas e lá permanecerem. As curiosas que se atrevem a abrir alguma fresta logo são vistas; há corre-corre e ameaças de arrombamentos de portas. As risadas zombeteiras explodem pela cidade silenciosa de tensão e medo, e as atrevidas se arrependem da curiosidade. Só quando, por fim, o grupo se retira, as pessoas voltam a sair, a aldeia retoma seu ritmo sob a fina chuva que cai cai cai.

Cinco jovens do Povo da Chuva aproveitaram a vigilância concentrada nos mercenários para escapar. Assim que as sentinelas vieram avisar à aldeia sobre o grupo que se aproximava, Campá, o mais velho e experiente dos que se preparavam para fugir, mal chegado aos dezesseis, chamou a irmã Inanda:

– É hora. Avise os outros. Peguem suas coisas. Vou buscar as montarias. Nos encontramos no Pântano do Jaburu.

Disfarçando sua pressa e destino, Inanda encontrou Kanta se preparando para se trancar com as outras mulheres. Enquanto uma foi chamar Anga-í, Tacu, que estava perto e percebeu a movimentação, pediu:

– Me levem com vocês.

Sem pensar muito, eles dizem: – Vem.

No Poço do Jaburu, Campá já está à espera, com os animais que usam como montaria, um tipo de cavalo pequeno, rajado de branco e preto, que chamam de zebra. Aiá, ave de asas douradas de grande envergadura, criada por ele, voa alto no céu e muito à frente, indicando o caminho. Campá inquieta-se um pouco ao ver Tacu, menino ainda, mas não é hora de vacilações; mesmo um menino já tem idade para saber o que deseja e lutar por isso.

Depois de um bom tempo de marcha veloz, tendo já deixado o istmo e a chuva fina para trás, os fugitivos param entre as árvores. Aiá desce com um piado estridente.

— Temos tempo — diz Campã. — Nossa ausência não será notada. Tão cedo. Pensam que estamos no campo. Podemos pernoitar aqui. Deixar os animais descansarem.

— Estamos no rumo certo? Tem certeza? — pergunta Inanda.

— Sim. Seguimos exatamente por aqui. Quando estive lá com a guarda. Aiá estava comigo — responde Campã.

— Temo que eles terminem por saber. Para onde estamos indo. E preparem uma emboscada.

— Não terão tempo de nos alcançar. Antes de ultrapassarmos a fronteira. Se conseguirmos manter a vantagem — diz Kanta. — Eles nunca a ultrapassam. Mesmo em uma perseguição. E depois. Não serão loucos de invadir o território do Primeiro Povo. E nos tirar à força de lá.

Campã diz para ave:

— Iúuuu, Aiá. Caça, vai!

Ela desaparece e pouco depois volta com um frangote na boca. Tacu e Anga-í preparam o animal enquanto os outros acendem uma fogueira ou descansam.

São observados de longe por duas criaturas invisíveis entre os galhos. Uma delas também é negra, porém baixinha e sem uma perna: Saci. A outra tem a pele morena clara, cara achatada, cabelo liso, pés virados: Curupira.

O Saci está de olhos arregalados, boca aberta. Fascinado, sussurra:

— Eles têm direitinho a minha cor. Olha, repara bem: não é, Curu? Diga.

Curupira balança a cabeça, confirmando.

— Tá vendo que beleza, hein? Hein?

Curupira faz sinal para que ele fique quieto. Mas o Saci não consegue parar, está por demais excitado, pula de um lado pro outro, estalando de leve alguns gravetos.

– Que beleza, hein? Diga, diga.

Campá escuta o ruído próximo. Olha em volta.

Saci e Curupira emudecem completamente e se mimetizam com os galhos e os macacos, em grande folia, que se dependuram entre os galhos.

Inanda e Campá procuram ali por perto; não acham nada, voltam.

– Devem ser os macacos.

Ressabiada, Aiá pousa no alto de uma das árvores. Ela também escutou os ruídos. Joga a cabeça pra trás e lentamente gira o pescoço quase por completo, dando seu olhar de 360 graus. As zebras se agrupam, medrosas. São fortes, sabem correr, mas são covardes. Qualquer cheiro ou ruído animal ou humano que estranhem faz com que se agrupem e relinchem baixinho.

– Olhem só pra elas – diz Kanta, apontando as zebras. – Estão pressentindo algo. Aiá está toda alerta. Melhor esquecermos essa fogueira. Seguirmos adiante.

Capítulo 5

O céu está quase branco, embaçado pelo calor de Véi, a Sol, passeando com suas três filhas.

Na terra, entre o ruído de água e gritinhos de mulheres e crianças, Li e as irmãs com seus filhos tomam banho no poço da cachoeira. Perto delas, garças brancas e de cor rosada erguem os finos pescoços, ouvindo a conversa animada das irmãs. Lu, que está prestes a se unir a seu escolhido, comenta maliciosa o que mais gosta no amado.

– O peito forte, que agora será o travesseiro cálido onde repousarei minha cabeça confiante.

– Arrá – as irmãs caçoam. – É disso que você mais gosta nele?

– Também das mãos. São fortes, grandes e, no entanto, mais macias que a polpa das frutas mais doces.

– Arrá! Que mais?

– Os braços. Tão musculosos que posso me pendurar neles e jamais cair.

– Que mais?

– As pernas, que correm mais velozes que a lebre e me levam para um lugar onde a sombra é a mais fresca das sombras da tarde.

– Ah, feliz irmã! O que mais, o que mais?

– O ventre. Liso como a água serena de um lago ao amanhecer.

– Que mais, diga?

— Já não basta, suas intrometidas?
— Claro que não! E o que ele tem mais abaixo do ventre, entre as pernas? Há?

Lu, às risadas, agarra o cabelo da que falou e a mergulha no rio, mergulhando atrás.

Não muito longe dali, sentada nas grossas raízes expostas da grande castanheira de vasta copa, a árvore que é sua, a Velha Pisadeira está agachada, escolhendo entre os vários tipos de ervas espalhadas pelo chão. Nos galhos grossos dessa castanheira, cujo tronco centenário nem quatro homens adultos conseguem abraçar, é onde ela montou sua choça e dorme, nas noites em que dorme.

Seu rosto é cheio de rugas profundas, cujas bordas flácidas quase se dobram, seus cabelos completamente brancos presos em um rabo que desce até bem abaixo da cintura, corpo magricela e encarquilhado. É velha velha velha. O que nela parece não ter idade são os olhos fundos, de tão intenso brilho negro que, dependendo da hora, nem todos conseguem encarar.

E ali está meu Macu chegando devagar. Sem cerimônia, vendo as ervas no chão, foi indo foi indo e pega uma que começa a chupar, enquanto se agacha ao lado. Ao contrário da Pisadeira, meu Macu não tem idade, preto retinto e beiçudo como foi, desde que nasceu.

— Boas-vindas, minha avozinha – ele diz.

Ela não levanta os olhos do que está fazendo:

— Boas, meu neto.

Macu chupa a erva, fazendo ruídos grosseiros. Continua tão sem modos como sempre foi.

— Matando muita gente por aí, véia? – pergunta.

— I você, fio, fazendo muito nada de nada por aí?
— Eu não!
— Eu também não. Cê tá retinto de tanto saber qui mato pouco i só quando obrigada, porque meu gosto é curar. Cê só faz mi atrapalhar.
— Eu, vó? Por causa de quê?
— Porque não consigo curar sua preguiça, homem! Num tem erva qui dê conta!
— E eu lá quero que você me cure, véia implicante!
— Cadê seu irmão?
— E eu sei lá!
— Pois vá atrás de saber i ensine esse minino a escolher melhor o qui mi traz. Ele continua trazendo tudo errado. Vai!

Pisadeira pega um punhado de ervas e soca bem socado no pilão. Macu pede:
— Me dá um pouco dessas aí, minha vó.
— Tarde piaste, meu neto. Tá tudo triturado. Vai catar a sua, si quiser.

Macu se levanta, ainda mascando a erva que pegou ao chegar e, com os mesmos passos lentos de quando veio, vai embora. Meu coraçãozinho vai com ele, enquanto volto os olhos para minhas icamiabas.

No Vale das Icamiabas, é dia do ritual da passagem da puberdade.

As púberes estão reunidas – e são inúmeras. Nesse dia sagrado, cada uma escolhe o destino que deseja. Até então, são todas criadas da mesma maneira, seguindo os mesmos valores e ensinamentos, os mesmos treinamentos, e tornam-se exímias cavaleiras, fazendo dos cavalos extensões de seus corpos. Aprendem tudo sobre eles, e deles cuidam como se cuidassem de si mesmas.

Na adolescência, no entanto, podem escolher. Ou ter a ilusão de que escolhem – a rigor, como em qualquer outro agrupamento humano, elas são mais ou menos encaminhadas para as escolhas que farão, já que o número das guerreiras necessariamente, todos os anos, tem de ser o maior. Não correm o risco de que não seja assim, já que a primeira opção, a mais gloriosa valorizada concorrida é, por certo, a de guerreira. As outras são variadas: cuidadoras dos bebês, cuidadoras dos estábulos, cuidadoras dos alimentos, cuidadoras dos negócios, cuidadoras da saúde e do bem-estar. A elite que cuida da vida de todas – a Grande Mãe e sua coorte – é escolhida entre as guerreiras, quando alguma substituição se faz necessária, em geral pelo envelhecimento, morte ou doença de uma delas.

A partir desse momento anual do rito iniciatório, diferenças passam a existir entre as jovens. Cada uma terá, além do treinamento básico constante, o treinamento específico de sua escolha. A maior diferença, no entanto, é a extirpação do seio direito.

Reunidas em postura de atenção, respondem à voz da Grande Mãe no alto do estrado.

– Gloriosas filhas minhas, ergam as duas mãos e me digam: quem são vocês?

– Mulheres! – responde o coro orgulhoso de vozes adolescentes.

– Do que vocês são parte?

– Das matas verdes e seus frutos, das águas dos rios, da luz de Véi, a Sol, do clarão da lua e das estrelas, do fogo, do vento e da terra, que a todos nos sustenta!

– Quem são seus irmãos?

– Nossos cavalos!

— Agora, jurem.

E elas juram:

— Do fundo do meu coração guerreiro, juro colocar todas as minhas forças e habilidades em defesa da natureza que me dá a vida. Com meus braços de icamiaba, juro proteger suas matas, suas águas, seus animais, seus frutos. Com meu corpo unido ao corpo do meu cavalo, juro dedicar toda minha vida à defesa e ao bem-estar das minhas irmãs e de nosso povo de guerreiras.

Ovações e movimentos ritmados acompanham as púberes, que então se encaminham, cada uma em seu destacamento específico, para determinada direção. Entre o destacamento das que escolheram viver como guerreiras, três amigas comentam:

— Você tem certeza de que não vai doer, Maní?

— Claro que não vai doer. É só tomar o chá amargo.

— Daquela vez que torci o pé, não consegui tomar e vomitei. Vocês vão ver como o gosto é nojento.

— É melhor você não vomitar desta vez. Tome tudo de um gole.

— E vê se não dá uma de mãezinha, Misu – diz Mena. – Ou acabam não deixando você ser guerreira. E aí sim é que você vai vomitar mesmo! Eca!

Elas riem.

— Isso é que não! – diz Misu. – Nem que eu tenha de passar por tudo, mesmo sem o chá, jamais serei uma mãezinha.

As três são muito diferentes. Maní tem a pele clara e cabelo vermelho cacheado; Mena é morena e de cabelo escuro liso; Misu é quase sem cor e seu cabelo é ralo como o capim seco.

Ao vê-las passar, quem está ao lado da Grande Mãe comenta:

– Essa estação foi generosa. Nosso número de guerreiras foi maior do que o esperado.

– Foi uma estação excelente – responde a Grande Mãe. – Esperemos que as perdas da guerra que se aproxima não sejam demasiadas.

Ela está se afastando quando Mazuca, a encarregada dos reprodutores, se aproxima, muito constrangida e chateada:

– Outra vez aconteceu, Grande Mãe. Eles mataram todos os homens do El Dorado que encontraram conosco.

– Como foi que isso aconteceu? Os Sem-Dedos não conseguiram evitar?

– Perdão, Grande Mãe, não foi possível. Dessa vez, colocaram o veneno nos mantos e, quando percebemos, já estavam todos mortos. Não sabemos que veneno usaram.

– O embaixador vem só para isso, e mesmo assim nunca conseguimos evitar. Isso nos faz parecer tolas, e me deixa triste e furiosa.

– Perdão, Grande Mãe. Fomos, sim, tolas e enganadas. – Lágrimas de humilhação e impotência caem de seus olhos. – Da próxima vez, não deixaremos que se aproximem nem toquem em nada.

– Melhor: proibiremos a entrada de acompanhantes. Só entrará o embaixador, cercado de todos os lados pelos nossos Sem-Dedos mais competentes.

– Assim será.

E não chore. Sabe que não gostamos disso. Um erro foi cometido e será corrigido. Da próxima vez, conseguiremos resultados melhores.

– Sim, Grande Mãe. Conseguiremos.

O grupo de mulheres continua sua festiva caminhada pelo acampamento enquanto cada destacamento de púberes, trajando as novas cores rituais de suas escolhas, se encaminha para os locais onde passará a viver. A festa se estenderá noite adentro, com danças, cantos e exibições.

No destacamento das que optaram por ser guerreiras – sempre o destacamento maior –, todas também comemoram e, aos poucos, vai sendo servido o chá que tira dor. Maní e Mena olham apreensivas para Misu, que, com esforço, consegue engolir o seu sem vomitar. Sorriem uma para a outra antes de fechar os olhos.

Quando o primeiro halo da lua cheia se ergue e seu vermelho sangrento de luz inunda o céu, começa o ritual da extirpação do seio direito de cada uma.

A aldeia toda então se curva e ergue a voz em um único canto coletivo, um tipo ancestral de acalanto sagrado que acompanha o nascimento das novas guerreiras.

Capítulo 6

Olha só aqueles dois! Parecem enfeitiçados. Saci quase nem pisca, e mesmo Curupira, que não se entusiasma muito com nada, parece embevecido. Escondidos entre os galhos, eles seguem o grupo de fugitivos da Terra da Chuva, e vira e mexe o Saci, fascinado, sussurra pra Curupira:

– Que beleza, hein? Hein?

Mas Curupira está boquiaberto é com os animais. Quando uma das zebras dá uma relinchada, ou quando a grande ave pousa no dorso de uma delas, ele quase cai pra frente.

Saci ri, e os dois voam pelos cipós, atrás do grupo, um bando de macacos junto com eles. Curupira, mesmo entretido como está, não deixa de escutar o canto distante do téu-téu, alerta de predadores. Faz sinal para que o bando se aquiete, e vai atrás de ver quem são os inimigos e de onde vêm. Volta com a notícia de que estão sendo perseguidos por um bando do El Dorado em busca de escravos.

– E agora, hein? Hein? – Saci pergunta nervoso. – Coragem não é atributo de minha espécie.

– Venha atrás – responde Curupira.

E pula na trilha por onde o grupo dos fugitivos tinha acabado de passar. Pega vários galhos com folhas, passa pro Saci, "Vai e esconde as pegadas", o que o Saci faz com sua velocidade de redemoinho, enquanto Curupira, com seus grandes pés virados para trás, vai fazendo outra série de marcas na direção contrária.

No alto das copas densas das árvores, eles esperam os perseguidores chegarem ao local e seguirem, sem vacilar, pela direção errada. Os dois saltitam de contentamento vendo que conseguiram ludibriá-los. Os dois, não. Só o Saci. Saltitar de alegria não é atributo de Curupira. O que sim os dois fazem é continuar voando pelas árvores atrás de seus novos protegidos.

Meu Macu dorme na rede da maloca, quando Li entra. Seu gêmeo, Naíma, também. Li vai até a rede e a sacode, até derrubar os dois.

– Bom dia, coraçõezinhos dos outros. Todo mundo já foi, preguiçosos. Só faltam vocês.

Naíma escorrega para um canto e continua ferrado no sono; Macu sai, tonto, cambaleando e se espreguiçando.

– Aaaaiii, que preguiça!

Vai que vai arreliado, e passa pelas jovens, que, a essa hora da manhã, parecem vestidas com os pássaros multicores pousados em seus braços ombros cabelos. Acenam pra Macu quando o veem passar, mas, de olho meio fechado, ele nem vê direito.

Nem vê direito o grupo de mulheres e homens seguindo para a roça num conversê medonho. Falando do que vem brotando ou do que já brotou, e da comida que vão fazer à noite, e das gracinhas dos filhos, que correm ao lado brincando ou são carregados nas costas dos homens ou nas barrigas das mulheres. Tanta animação a essa hora da manhã é contagiante que nem água morro abaixo, fogo morro acima, mas só para os outros, não para Macu.

Pouco mais adiante, no meio da trilha na mata, ele deita debaixo de um angico alto de casca branca e dorme. Um homem da aldeia passa por ele:

– Vai, vai, minino, acorda! Hora de trabalhar um pouco! I seu irmão, cadê ele?

Macu volta a se levantar de má vontade, e assim vai seguindo, tentando tirar sonecas debaixo de uma e outra árvore, e sendo escorraçado por todos que passam, indo e voltando da roça.

– Vai, vai, vai! Seja você Macu ou Naíma, vai, que trabalhar um pouco não quebra os ossos nem machuca carne dura como a sua.

E ele vai se embrenhando pela mata, procurando caminhos por onde ninguém passe, e com tanto sono que acaba pegando um rumo diferente do habitual.

A Pisadeira o encontra debaixo de uma maçaranduba distante.

– Abre esses zói, meu neto.

– Ai, minha vó, some daqui.

– E que qui deu qui cê tá sozinho assim tão longe?

– E eu lá me importo se tô longe ou se tô perto!

– Divia de simportar.

– Ah, véia, me deixa eu dormir.

– Cadê seu irmão?

– Eu sou meu irmão.

– Cadê ele?

– Eu sou ele.

– Não queira mi enganar, Macu, qui ti conheço por dentro i pelo avesso. Pela esquerda i pela direita, por cima i por baixo também.

– Por baixo também? Num tem vergonha, véia safada!

– Mais respeito qui fui eu quem ajudou sua pobre mãezinha a ti botar no mundo, i ti dei seu primeiro leite. Ah!, si eu soubesse!

– Brigado – ele diz, e vira pro outro lado.

A Pisadeira o cutuca com um galho grosso.

– Vai catar erva boa pra mim. Já! Vai!

– Ah, deixa eu ser eu, velha implicante.

Mas quando vê que a Pisadeira com seu galho não vai parar de cutucá-lo, meu amado se levanta e vai que vai se embrenhando na mata, até outra sombra de uma boa árvore mais distante. E assim vai se embrenhando tão longe que, numa dessas cochiladas, quem o desperta não é ninguém do seu povo e sim um grupo de caçadores de escravos.

Macu nem se dá conta do que está acontecendo e nem reage muito quando eles o colocam numa jaula de madeira, onde já estão outros infelizes capturados como ele. Depois que passa o entorpecido sustinho de se ver preso, ele acha melhor se acocorar em um dos cantos da jaula e pegar outra vez no sono, até ver no que vai dar tudo isso. Ele não gosta de se preocupar, muito menos se preocupar antes da hora. Já viu tanta coisa no mundo que de repente até pode escapar ileso, quem vai saber?

Meu herói é assim. Estou acostumada.

No Lago Azul, sentada em sua pedra branca cercada pelo rendado verde das samambaias, Uiara vê o jovem negro treinar sua dança-luta na praia de areia branca.

Fascinada, vai indo e vai indo até chegar mais perto, até que ele a vê e para.

– Não pare – ela diz. – É tão bonito te ver.

Ele sorri seus dentes brancos, faz uma mesura de agradecimento e continua. Quando, por fim, senta-se na areia para descansar, ela se aproxima mais, com muito cuidado. Não quer enfeitiçá-lo.

– Quem é você? – pergunta, com sua voz de remanso. – É tão diferente dos outros.

– Sou do Povo da Chuva. Meu nome é Uingu. O seu eu sei que é Uiara.

– Como você sabe? – ela pergunta, maravilhada.

– Todos sabem quem você é, criatura. Com essa beleza única, e morando aqui no lago. Fácil adivinhar.

Uiara não cabe em si. Beleza única! Seu nome! Ele sabe quem ela é. Por que ela se põe assim tão feliz com essas pequenezas? Será isso o amor?

Pobre Uiara, que se deixa embalar com tão pouco.

Uingu é também ingênuo, alegre, de bem com a vida. Conta a ela como é seu povo, como vivem isolados em uma terra onde reina a chuva porque chegaram aqui de maneira tão abrupta, e com o clima tão mudado, que sua terra se tornou insuportável para ele e seus amigos. Hoje, fugitivos, vivem perto dali, não sabe até quando, mas todos são gratos ao Primeiro Povo, que os acolheu como irmãos. Vivem da apresentação de suas danças, lutas e seus animais. São animais diferentes, ele diz. Animais que vocês não têm aqui.

Uiara, que nunca conversou assim com ninguém, nunca saiu do seu lago, não sabe nada da vida, a não ser da paixão que desperta nos jovens que tanto a procuram e que ela atrai e afunda, porque é da sua natureza atrair e afundar, o que ela faz com esmero, sem jamais conversar, sem jamais escutar alguém assim, cuja voz agora ela ouve e a encanta.

Será o amor? Sim, deve ser isso o amor, enfim. Ela sabe agora, ela tem certeza. E não quer que ele morra. Não quer afundá-lo. Quer viver para sempre ali, ela na água, ele na margem, não importa. Agora nada importa, a não ser ele, o amado.

Pobre Uiara!

Inexperiente, ela vê o que deseja ver. Apaixonada, transforma as simples palavras do amado em sons que parecem dar nova vida a seu coração que nunca amou. Dá contornos, intenções e significados que as palavras que ele diz nunca tiveram e nunca terão. Basta que saiam da sua boca arroxeada de lábios grossos para cair em seu coração como bálsamo luminoso, e o abre como flor desejando o orvalho.

Uingu, no entanto, é apenas um jovem amável que conversa com todos, é gentil com todos, quer distribuir a todos a felicidade que sente porque na verdade seu coração está amando, sim, ele também está amando, mas outra, não Uiara. As palavras que ele diz, tão despretensiosas, soltas na brisa que tange as águas transparentes do lago azul, essas palavras são para ele apenas o que são, querem dizer apenas o que querem dizer. Que a beleza de Uiara é única significa tão só o que todos sabem, e é a pura verdade. Ele seria um cego se não o reconhecesse. Mas ninguém ama tudo o que acha bonito, por mais único que seja.

Pena que não foi isso que a ingênua Uiara entendeu.

E quando, por fim, ele se despede, ela se sente tomada por algo tão novo e que a faz tão inquietamente contente, que ela se põe a bailar nas águas transparentes, envolta em seus mantos líquidos com rendas de espuma branca.

Quem passasse por ali, se maravilharia. Como eu, aqui de cima.

Capítulo 7

No pátio do Palácio da Pedra em El Dorado, Dezengor treina seu chicote. Está encrespado de tanta ira.

Sua mãe o admira da janela e não desprega os olhos da juventude beleza força física do filho. Faz com que se lembre de quando conheceu o Senhor. Quando, recém-chegada ao palácio com um dos capitães do exército, ele a viu nua, saindo do banho na fonte, seus cabelos claros e volumosos, uma coroa natural em volta da cabeça. Será minha, ele lhe contou que pensou na hora. E como Senhor que era, enviou o capitão para uma expedição suicida e desposou a viúva.

O filho se cansa do chicotear insano, e ela acena para que ele suba até seu quarto.

Dezengor entra, suado pelo exercício, e se joga sobre a manta acolchoada.

– Descobriu alguma coisa?

– Ainda não. O mutismo do seu pai está pior do que o habitual. Essa noite fiz o que pude, tentei até fazer o que há tempos não fazemos na esperança de que...

– Poupe-me dos detalhes de cama, mãe. É bizarro.

– Perdão, filho. É que às vezes só assim ele fala alguma...

– Mãe! – ele se impacienta.

– Está bem – ela faz uma curta pausa. – Mas tenho uma intuição do que seja o motivo de tanta preocupação.

O segundo embaixador ainda não voltou com a resposta dos Sem Cor. Sem eles, nosso exército não poderá sair.

– O velho jamais muda de tática. Não pensa em estratégias novas. Não escuta sugestões. Continua me tratando como imbecil, e não como filho legítimo-herdeiro. Ele está ultrapassado, mãe, não vê? Há várias outras maneiras de vencer uma guerra, mas ele só age da mesma maneira, sempre. Não quer nada diferente e não me deixa abrir a boca; não quer escutar nenhuma proposta nova de ação. É um idiota.

– Seu pai não é idiota.

– Se não era, ficou.

A mãe vai até ele e tenta acariciar seus cabelos, mas o filho se levanta; com brutalidade, afasta suas mãos.

– Não me chame aqui outra vez se não tiver notícias boas.

Sai batendo a porta. Dá um chute no irmão menor que está brincando no corredor. Desce aos saltos a escadaria, chega ao átrio e monta em sua biga de inspeção, puxada por javalis de eriçado pelo negro, bocarras salivando e presas à mostra, que saem velozes pelo duro deserto amarelo.

Atrás de uma das pesadas cortinas escuras que envolvem as frestas do palácio, Zigalora havia observado a mãe e o irmão. Sai dali e vai direto ao salão do pai. Em seu pesado humor dos últimos tempos, ele sequer dá sinal de ter percebido a entrada da filha. Mesmo assim, ela vai até onde ele está sentado, se debruça em seu ouvido e diz:

– Seu filho disse que o senhor está ultrapassado. Que não sabe o que faz.

O pai não se mexe.

– Que suas táticas de guerra são idiotas.

– Basta! – Sua boca mal se abre. – Saia daqui.

De cabeça baixa, porém feliz consigo mesma, Zigalora sai, sabendo que o pai prestou atenção ao que ela disse.

Dezengor detém os javalis ao encontrar um grupo de mineradores. Detém os animais e a biga, mas não seus braços, que começam a chicotear a esmo os escravos, que, por um segundo, pararam para cobrir com a mão a ardência dos olhos. Dezengor é o diabo. O pai poupa os trabalhadores de maus-tratos gratuitos assim porque tem consciência de que precisa dessa força de trabalho, e que o castigo infligido por puro capricho perturba o ritmo da produção. Mas Dezengor não se importa com nada. Importa-se apenas com extravasar sua fúria gratuita, seja como for.

Os capatazes afastam-se. Deixam o filho do Senhor agir como lhe aprouver.

Desgostosa, também afasto meus olhos. A maldade desse rapaz. Me assusta.

Antes que a noite chegue, vejo o grupo de caçadores de escravos acampando numa pequena abertura entre as árvores.

Preso na jaula com seus companheiros de má sorte, Macu só acorda para pegar pelas grades as frutinhas que vai comendo. Pega também um galho oco, de onde escorre o líquido que chupa com gosto. Um dos presos a seu lado pede um pouco. Macu dá. Estende também a mão para outro prisioneiro, muito machucado, que só faz gemer.

– Quer um pouquinho... ou quá?

Um gemido é a resposta.

Meu amado pega várias folhas de outro arbusto. Também ao alcance da mão. Amassa-as. Coloca nos machucados do rapaz, que grunhe um agradecimento.

O que está comendo as frutinhas se apresenta:
– Meu nome é Dungu-í, do Povo da Chuva. E você?
– Macu – ele responde. – Ou Naíma, se quiser.
– Como assim? Ou é um ou é outro.
– Tanto faz – ele responde, sempre o brincalhão.
– Sabe pra onde esse bando está nos levando?
– E vou lá saber? Eu num sou nenhum deles.
– Ninguém sabe. Maldita hora em que me pegaram.
– Pois eu até agradeço. Pra mim tá é bom assim. Ninguém me amolando pra trabalhar.

Dungu-í olha surpreso, mas Macu, dando um bocejo, vira pro outro lado e dorme outra vez.

Ah, meu amado! Quem te toma pelo que vê nem de longe pode imaginar quem você é. De fato!

Na Tenda dos Reprodutores, a noite mal começou e o movimento está animado. As icamiabas que vão chegando têm de esperar. Há poucos homens para tantas mulheres. E por ali elas ficam à espera. Conversam riem bebem, elas também, os preparados da flor de zíaco.

Um dos Sem-Dedos aproxima-se da encarregada do bordel. Mazuca é das icamiabas mais altas e fortes, de pele muito branca e restos de cachos vermelhos no meio da maior parte já grisalha; exerce sua autoridade com naturalidade. Não grita, não usa violência, mesmo porque suas ordens poucas vezes são contestadas.

– Algo anda acontecendo com uma das meninas da cozinha – o Sem-Dedos diz.

– Há? – Ocupada, ela não presta atenção.
– Uma das grávidas estava cochichando escondido com o ocupante do Caramanchão.
– Sobre o quê?
– Não deu pra escutar bem, mas dá pra adivinhar.
– Diga.
– É aquela que teve um filho macho da primeira vez. E teve justamente com esse ocupante, que eu sei. Apesar da proibição de usar duas vezes o mesmo reprodutor. Não boto minha mutilada mãozinha no fogo, mas tenho quase certeza. É muito dissimulada essa menina. Agora está grávida dele também, posso apostar. Parece que está com medo de ter macho de novo, e os dois estão meio engraçados um com o outro, viu? Tô avisando.
– Humm.
– Não é a primeira vez que vejo os dois nesses cochichos. E pelas minhas contas, o ocupante do Caramanchão até agora só gerou machos, viu? Melhor arranjar logo outro ocupante pro quarto.
– Agora vá cuidar de seus afazeres. Qualquer coisa nova, venha avisar.

Ela o despacha e segue em direção à cozinha. Examina os pratos, elogia aqui e ali, e se aproxima das grávidas. Só na hora do parto elas deixam os afazeres cotidianos e vão para a Tenda da Maternidade. Até lá, permanecem fazendo o que sempre fizeram, com a diferença de que deixam de fazer o treinamento diário de guerra e passam a fazer exercícios específicos para o bom parto. Fora isso, é a vida normal. São valorizadas, mas sem exageros. Depois que os bebês nascem, as que pariram meninas recebem a condecoração de Reprodutora 1 ou 2 ou 3, conforme a saúde da bebê. As que pariram meninos são levadas para outro alojamento por alguns dias, antes de retomarem os afazeres normais. Essas não recebem cumprimentos.

Mazuca é mãezona e carinhosa com todas elas. Acaricia as barrigas mais proeminentes, conversa. Aproxima-se da jovem que pariu macho, as faces morenas coradas pelo calor do fogo. Olha-a fundo nos olhos, examina a barriga, cheira o cabelo e tem certeza.

Dali vai direto para a sala onde estão duas auxiliares.

– Tudo indica que teremos de substituir o ocupante do Caramanchão. Ele é dos machos.

– Tá confirmado?

– Ainda não, mas se a saleira da cozinha parir menino outra vez, está chegando sua hora, fica confirmado. Acho que está na hora de também substituir vários outros que já ficaram tempo demais aqui. Sabemos que isso não é bom. E vamos ficar de olho nessa menina da cozinha. Ela anda desobedecendo regras. Alguém tem notícia de quando chega a nova aquisição de reprodutores?

– Ouvi dizer que estão a caminho.

– Espero que dê pra aproveitar mais do que da última vez. Foi um fracasso o grupo que trouxeram. Só aproveitamos a minoria. Estamos precisando de bons reprodutores de mulheres.

– Uma pena ser tão difícil saber quem são eles – lamenta Mazuca. – Má Velha sabia, mas não teve tempo suficiente de passar seu conhecimento a uma de nós. É preciso treino, e ela estava nos treinando, ensinando a perceber os detalhes todos, desde as unhas dos polegares até o cheiro e formato dos testículos, mas é difícil e tudo muito cheio de minúcias. Não teve tempo de ensinar tudo. Morreu fora de hora. Má Velha ainda tinha tanto a nos mostrar, a cada dia percebo mais isso. Agora, só com o tempo é que iremos pegando o jeito. Da última vez, vi logo de cara que um não servia e o mandei embora. Nem sempre acerto, mas já estou bem melhor do que quando comecei.

O mesmo Sem-Dedos se aproxima outra vez. Cochicha no ouvido de Mazuca, que sai imediatamente atrás dele. Vai escutando gritos choros tumultos e já sabe o que vai encontrar: duas icamiabas engalfinhadas por causa de homem. É uma das coisas que ela mais odeia em seu serviço: separar meninas no cio. E lá estão as duas, iradas, num corpo a corpo que os Sem-Dedos não conseguiram apartar. Nanicos como são, suas mãozinhas miúdas são ineficazes numa briga dessas, e o que eles mais tentam é puxar as briguentas pelos pés, fazendo com que caiam. Nem sempre conseguem, como dessa vez: duas guerreiras fortes e enraivecidas se enfrentando, nem se dependurando nas cinturas e coxas eles conseguem derrubá-las. Felizmente não há armas, e esse é um dos motivos pelos quais é expressamente proibida a entrada de qualquer tipo de arma na Tenda.

Os reprodutores formaram uma roda em volta das brigonas, gritando e atiçando o corpo a corpo. Fazem suas apostas. As duas parecem determinadas a arrasar uma com a outra.

Esta noite promete, pensa Mazuca, ao ver de longe a arena improvisada. Desde a morte dos hóspedes do El Dorado, estão vivendo um período de escassez, e contendas assim vão continuar acontecendo até que o novo carregamento de reprodutores chegue.

Sem querer, seu olhar vê passar ao fundo o vulto coberto com um manto, em direção à pequena tenda do Desmemoriado. Fecha-os rapidamente: o peso de tudo que fica sabendo sem querer saber!

São essas as noites em que sente estar ficando cansada. De fato, boa parte de seu cabelo branqueou, suas veias engrossaram e as juntas começaram a doer. Não é mais forte como era, não é mais a pessoa que foi: destemida, aguerrida, capaz de manter tranquila uma casa de machos reprodutores e fêmeas no cio. Sente-se sem força; seu tempo já prestes a passar de todo, enquanto o corpo de uma outra Mazuca aos poucos se infiltra e se apodera do seu.

Já se aproxima a hora de passar seu posto.

Capítulo 8

A mata é mais aberta e acolhedora naquele trecho. Árvores ricas de seivas, troncos sinuosos, cheiro embriagador. Campá e seu grupo de fugitivos da Terra da Chuva param para descansar debaixo das folhas grossas de uma árvore de tronco avermelhado que eles não conhecem, mas intuem que seu fruto de casca marrom é comestível. A fruta, por dentro, tem polpa arredondada e macia, de amarelo forte, que só pode ter sido feita para dentes humanos. Seu sumo doce escorrega abundante pelo queixo dos cinco, que se refestelam, espreitados por Saci e Curupira, que continuam seguindo o grupo.

– Olha como eles mastigam, viu? – Saci diz pra Curupira. – Tá vendo? A boca deles é cheinha de dentes, como será que cabe, hein? E pegam o cajá de um jeito diferente. Agarram com os dedos, num põem na palma da mão. Fica mais bonito assim, muito mais, hein, hein?

Refeitos da fome e da sede, o grupo continua a marcha por uma trilha que, cheia de curvas estreitas, os coloca de súbito frente a frente com um bando do El Dorado. Com o vento a favor, eles estavam silenciosos, em emboscada, e não foram percebidos sequer pelos ouvidos e olfatos afiados do Saci e do Curupira, entretidos como estavam em observar os mínimos gestos do grupo que os fascinava tanto.

Não há como se esconder nem correr. São nove caçadores de escravos contra cinco.

Saci e Curupira compreendem que só têm uma coisa a fazer, e no fragor da luta, os cinco se tornam sete, com a entrada dos dois atirando pedras, passando rasteiras, dando chutes tremendos, levados pelos cipós. É uma batalha inusitada, uma coreografia de seres da mata, e até as zebras, que são medrosas contra humanos, acabam entrando na briga, espalhando coices como martelo. Aiá torna-se flecha assustadora que chega do alto, espalhando bicadas fortes e subindo outra vez.

Os nove do El Dorado, no final, são amarrados. Alguns ainda desacordados, mas nenhum gravemente ferido, e antes de discutir o que fazer com eles, os cinco da Terra da Chuva observam, espantados, seus novos amigos. Nunca tinham visto nada parecido. As zebras, tampouco, e ficam ressabiadas a um canto, e Aiá, mais desconfiada ainda, no alto de um galho.

– Vocês. Quem são? – pergunta Inanda, ainda arfando e segurando um braço ferido.

– Sou Saci, e esse aí, Curupira, tá bem? Ele não, mas eu sou da cor que cês são, tão vendo? – E saltita até eles, colocando o braço ao lado dos outros braços, de um em um. – Hein? Hein?

Enquanto isso, Curupira, taciturno como sempre, procura se aproximar das zebras, que, à medida que ele se aproxima, se afastam.

– Nos ajudaram, por quê? – Campá pergunta.

– Porque cês e eu somos da mesma cor, tão vendo? Beleza, hein? Cês são muito bonitos, são mesmo. E Curupira vai comigo pra onde eu vou, tão vendo?

O grupo se entreolha e ri.

— Agradecemos de coração. A ajuda — Anga-í diz e todos abaixam a cabeça, em sinal de amizade e agradecimento.

— Amigos servem pra isso. Somos amigos, hein? Hein? Campá, o líder, e também o mais belicoso, aponta para os cativos:

— E eles? Vocês sabem? Quem são?

— Do El Dorado. Caçadores de escravos, fujam deles — Saci diz.

— São os homens das minas! Conhecemos a fama. Deles. Já levaram muitos dos nossos.

Tacu, Inanda, Kanta cercam o grupo amarrado e cospem neles. Mas ninguém sabe o que fazer. Não são de matar humanos assim a frio. Olham para o Saci.

— O que fazer? Com eles?

— Ah, isso eu num sei não. Sei lá! Como vou saber, hein? Deixa eles aí. Que que cê acha, Curu? — Vira-se para Curupira, que está do outro lado, mais afastado, ainda tentando chegar perto das zebras. — Hein, Curu? Que que cê acha?

— Deixa — Curupira diz. — Amarra. Passa alguém. Se gente deles, bom pra eles. Se não, azar. A mata é que decide quem passa primeiro.

— Bem pensado — diz Campá. — Fica nas mãos da mata. O destino deles. E vamos logo. Já perdemos tempo. — Enquanto o grupo pega seus apetrechos, ele se vira para os novos amigos: — Ei, se quiserem. Venham com a gente. Vai ser bom. Contar com vocês.

— Queremos sim. Claro, hein? Somos amigos. Vamos com cês, vamos sim — diz o Saci, animado.

Curupira vai atrás.

Aiá, nada contente com a incorporação dos novos membros ao grupo, alça seu voo alto, e as zebras quase se atropelam para seguir na frente, longe deles.

– Ui, ui, ui Uiara! Venha aqui, maravilhosa! Toma essa pulseira!

O barulho dos gritos, cantorias e chamados à beira do Lago Azul é grande.

Lã está debruçado sobre as águas, com um lindo colar de sementes brancas na mão.

– Bela, fiz pra você este colar. Toma, vem pegar.

Pedrinhas multicores são lançadas pelos outros moços; risos gritos bajulação.

Uiara aparece em um lugar, mergulha de novo, aparece no extremo oposto. Está contente e brinca com eles. Lã é o mais veloz e persistente, correndo de um lado pra outro. Quando os amigos se cansam da brincadeira, ele continua:

– Chega mais perto, estupenda. – E quando vê que os companheiros se afastam e já não podem escutá-lo, continua insistente – Não me fira o coração, rainha. Quero te ver inteira. Quero ficar com você. Não me importo com nada, venha, venha. Chega perto.

Escondida agora atrás das pedras, Uiara olha-o condoída. É da sua natureza levá-lo, mas não pode, não quer fazer isso. Não quer fazer isso com um filho do Primeiro Povo, que, de certa forma, é também o seu.

Os moços já estão longe quando Lã escuta um barulho de galope. Poderia ser das Icamiabas, mas não parece, a essa hora, e ele se esconde atrás das árvores frondosas da mata. São cavaleiros-do-couro. Além das Icamiabas, são os únicos que têm cavalos. Uns cavalos feios, mirrados, de um marrom desbotado que em nada lembram os delas. Não são inimigos, tampouco amigos: a relação com eles pode mudar de acordo com o humor do bando. Lã continua escondido e observa. Eles dão água aos cavalos e veem Uiara.

– Olha só quem está dando a honra de aparecer – diz um deles.

– Eita! Que hoje é dia de paca caçar tatu! – exclamou o outro.

Mas o terceiro avisa:

– Não fica olhando que é perigoso. O mundo inteirim sabe disso.

– Bestagem! Como que uma mulher-peixe ia dar conta de gente como a gente? Ninguém num tem curiosidade de tirar a limpo essa história?

– Eu, de jeito maneira! – diz o que fizera o alerta.

– Pois jacaré num tem pescoço, formiga não tem caroço, e eu quero mais é conhecer essa dona.

Uiara vem se aproximando, mergulhando e aparecendo, agora, sim, sedutora, enfeitiçante. Vem e vem, sorrindo, atraindo, e os dois afoitos seguem a brincadeira dela e vão entrando na água, rindo e zombando:

– Vem, mulher-peixe, deixa eu cheirar sua fendinha de algas.

– Deixa eu ver seu borogodó de escamas. Vem. Ninguém vai te fazer mal, é só pra dar um carim.

– Vem, vem.

Ela, sorrindo irresistível, vai, e os dois são tragados de uma vez só, sem tempo de dizer ui!, muito menos escapar, formando um redemoinho voluptuoso nas águas. O que logo se vê é apenas o vulto da mulher-peixe envolta em seu manto de espumas.

O terceiro, que ficara de longe com seu aviso e seu medo, monta rápido no cavalo e o chicoteia apavorado, enquanto Lã, aturdido, magoado, sai do esconderijo. Senta-se à margem e chora o pranto dos rejeitados:

– Por que não eu, minha rainha? Por que não eu? Volta, me leva!

Quando por fim compreende que, apesar de todos os esforços, a amada tão cedo não vai aparecer, volta para a aldeia, desolado.

Agachada debaixo de sua árvore, fumando o cachimbo, a Véia Pisadeira o vê passar e, pressentindo de onde ele está vindo assim desmilinguido, pergunta só por perguntar:

– Donde é que tu vem?

– Num é de sua conta, véia.

– O qui num é da sua é a Uiara, minino. Deixa ela em paz! Cê vai ter é só desgosto si continuar assim – Pisadeira avisa pela milésima vez.

O moço nem olha pra ela, nem presta a menor atenção no que ela diz. Continua seguindo em frente, até que parece ter outra ideia e volta.

– Ei, minha vozinha, me arruma um tantico da erva do amor?

– Ai, meus inúmeros pecados! Erva qui num existe num posso arrumar, criatura.

– Minha vó tem erva pra tudo. Todo mundo diz isso.

– O povo o qui mais faz é inventar mentira, minino.

– Arruma pra mim, vai. Quem ganha num furta.

– Ah é? Vai é você embora, mi deixa trabalhar. Quantas das vezes vou ter de falar qui Uiara é só desgraceira das braba? Só isso, fio. Fuja dela inquanto pode. Tô pensando qui vô avisar seu pai.

– Pois avise se quiser, velha metida.

Com raiva, Lá se ergue e continua seu caminho para a aldeia.

Daí a pouco é Naíma que chega e se senta no chão ao lado da Pisadeira, com Munducu, seu urubu, nos ombros. Pisadeira põe os olhos nele, estranhada.

– Nem espreguiçou, nem deitou pra cochilar. Tá tristim, meu neto, que qui foi?

– A ponta do meu pé dói.

– De quê?

– Sôdade.

– De quem?

– De mim.

– Ah, tá! Por falar nisso, cadê seu irmão?

– Ele num sou eu?

– Num começa, minino, qui hoje tô de paciência gasta. Ei, peraí... cê tá certo. Faz tempo qui o outro num aparece. Tá dormindo em outro canto ou teve preguiça de voltar?

– Não. Munducu avisou que ele foi preso.

– Munducu sabe lá dessas coisas?

– Dessa ele sabe, ele viu.

– Viu quem?

– Viu eles, os escravagistas, num é assim que chama? Muitos, todos pegando Macu. Viu mesmo, ele me contou.

– Mas então Macu tava longe demais. Ele saiu da nossa terra?

– Isso Munducu num disse e num perguntei.

Pisadeira faz uma pausa, mas logo sossega Naíma:

– Si preocupa não qui seu irmão num guenta ser escravo. Logo aparece por aí.

– Mas é que tá demorando.

Desanimado, Naíma se vira pro outro lado e volta a gemer:

– Ai, ai!

– Que qui foi, agora?

– Meu cocuruto dói.
– I por que desta vez?
– Sôdade.
– Ah, vai, chispa daqui, minino, vai dormir noutro lugar. Ou melhor, vai catar erva pra mim. Mas volta, hein? Não vá ser pego como seu irmão, qui você, si for preso, fica.

Naíma já ia começando a se levantar, mas Pisadeira dá uma contraordem:

– Erva, melhor não, qui cê só traz erva qui num presta. Mi traga um punhado de rá. Mas olha lá, hein? Não vá mi trazer rá errada. Não é da rá de comer, nem da rá saltitante, nem da rá pimenta, nem da grandona escura qui cê mi trouxe da outra vez i num serve pra nada. Muito menos da rá brancacenta qui chora qui nem nenê. Quero é daquelas amarelonas de pinta preta, aquela qui canta feito passarim. Nada de mi trazer rá errada, si não cabo cozinhando é sua cabeça mole. Ou então escaldo esse Munducu qui você teima em trazer pra cá, mesmo sabendo qui num sou de gostar de urubu. Vai vai vai! I pé lá, pé cá, qui tenho urgência!

Capítulo 9

Na madrugada seca, Dezengor já está desperto. O perfume da mãe, que antes era seu deleite supremo, agora o enfastia e persiste em seu leito. Há muito que ele se desprendeu dela, e agora só tem raiva, vontade de chicoteá-la e machucá-la muito, mas ela continua a vir, e na hora lhe falta coragem, o que dá ainda mais raiva, agora que só tem asco do apego de sua carne já passada do ponto. Só uma coisa será capaz de aliviá-lo, e ele sai em sua biga para inspecionar a produção das minas.

Escravos semidesnudos carregam blocos da rocha dourada para uma armação de rodas sustentada por outros quatro escravos. Uma das escravas recém-chegadas, uma icamiaba, ainda não aprendeu o trabalho e se atrapalha. O que ela tem a fazer, naquela abominável e rústica linha de produção, é pegar os blocos que outros vão deixando na entrada da mina que estão cavando e levá-los até a armação mais próxima. Ainda não está acostumada com toda aquela luminosidade amarela, sente-se tonta, cai. Das ranhuras vermelhas em suas costas coxas braços brota o sangue, que logo vira crosta. Dezengor observa. Apesar dos machucados, o corpo dela ainda está forte, harmonioso. Pernas e braços torneados, a bunda firme. Ele faz um sinal e o capataz a traz.

No meio de todos, sem complacência ou hesitação, Dezengor tira o membro já duro e a enraba com força, segurando-a pelos quadris. Ela aperta os lábios e tenta não gritar, quase se sufocando com a secura da boca sem saliva. Rápido e satisfeito, ele a joga de lado e sai de perto, enquanto o mesmo capataz que a trouxe a leva para que retome seu trabalho. Eu bem queria que Véi, a Sol, visse isso e se enfezasse. E queimasse esse moleque do mal. Mas me aquieto: se ela se enfezasse com tudo que vê aqui, já teria há muito torrado o mundo ou desistido de aparecer.

A jaula com meu Macu e os outros capturados chega ao local empurrada pelos homens. São imediatamente acorrentados e levados para a fila dos que trabalham dentro da mina.

Recém-desperto, Macu ainda não atinou bem com o que está acontecendo, a não ser que seu pequeno paraíso sonolento na jaula acabou. Ao lado dos outros capturados, recebe uma picareta e a ordem de começar a quebrar blocos no interior da rocha.

Claro que ele sabia dos horrores do deserto amarelo, mas jamais imaginara que um dia o veria tão de perto. Nenhuma erva nascia ali, nenhum arbusto, nenhum verde vivo, só o amarelo reluzente que podia cegá-los com seu reflexo. E agora, na escuridão do interior da mina, seus olhos se adaptam tentando ver alguma coisa. Quem eram aqueles outros escravos a seu lado? Homens da chuva homens do couro homenzinhos vermelhos mulheres icamiabas, todos tão abatidos e magros que mal se podia acreditar que um dia foram guerreiros. Alguns, já meio cegos, esbarravam os corpos deteriorados nos recém-chegados. Macu gemeu baixinho, ui, ui, ui. Tinha de sair dali, de algum jeito, e rápido – para estarem assim tão fracos, esses escravos com certeza não recebiam nem comida nem bebida.

De fato, durante o dia todo não houve nenhuma pausa para nenhum tipo de refeição, e os pedidos de água! água! água! não eram atendidos por ninguém. Escurecia quando os escravos receberam ordem para se deitar, ali mesmo, onde estivessem. Os que ainda pareciam aguentar uma última tarefa foram encarregados de recolher os cadáveres dos escravos mortos naquele dia, espalhados pela mina, onde caíram. Assim, Macu e Dungu-í, junto com outros, se viram carregando um morto nas costas até a beira de um despenhadeiro relativamente perto, de onde foram obrigados a despejar os cadáveres, um a um.

Ao jogar seu morto, Macu deu uma olhada rápida lá pra baixo, para a pilha de corpos em diferentes estados de putrefação. Gordos abutres pretos, de bico vermelho e papo branco, esvoaçavam um pouco em volta do novo corpo que caía.

Macu estremeceu: Ai! Por meus inúmeros defeitos, onde vim parar?

Eu, daqui do alto onde estou. Só não me estremeço também porque sei. Que meu herói dará um jeito de escapar. Como sempre deu.

Era só esperar um pouquinho.

Ao voltar para o interior da mina, ele bola um plano. No completo breu noturno do lugar, cercado de corpos por todos os lados, dá um jeito de cochichar no ouvido de Dungu-í:

– Cê sabe se fingir de morto?

– Sei fingir de um tudo.

– Por mais uns dias ainda aguentamos o tranco, mas pouco a pouco nosso destino vai ser cair morto como os corpos desidratados e fraquim que descarregamos no abismo. A única chance é ser levado pra lá ainda vivo e forte, entendeu?

– É só me dizer como.
– Cê é bom de prender respiração?
– Que nem peixe.
– Hora de provar. Quando amanhã o dia estiver quase chegando no final, a gente cai como se tivesse morrido, bem na entrada da mina. Eles vão chutar a gente, como chutam os mortos. Aí vai ser a hora de prender a respiração, relaxar bem o corpo e deixar que eles chutem à vontade. Não vão chutar muito. No fim do dia, eles também estão cansados. O importante é num abrir o olho, relaxar o corpo todo, num mexer nem respirar. Quando eles abaixarem pra verificar se estamos mesmo mortos e retirar as correntes, aí, então, num respirar mesmo. Treine durante o dia pra dar conta na hora. Mas reparei que eles sequer abaixam direito pra conferir. Dão os chutes, e isso pra eles já é prova suficiente de que a gente tá morto. Num podemos é mexer, porque se não eles nos matam mesmo de pancadas. Cê acha que dá conta?
– Dou.
– Porque depois vem o mais difícil.
– Que é?
– Quando carregarem a gente, temos de amolecer bem o corpo, e outra vez num respirar mesmo até chegar no abismo.
– Entendi.
– Por isso é que bolei da gente cair só no final do dia, e bem na entrada da mina. Quanto menor a distância pra carregarem a gente, e quanto menos tempo a gente passar fingindo, mais chance vamos ter.
– Tava achando esquisito você querer trabalhar até o final do dia.
Macu parou o cochicho, depois completou:

– Agora, se demorarem a pôr a gente nas costas, aí é o contrário, a gente tem de ficar duro, sabe. Dar um jeito de pesar bem.

– O cadáver que eu levei tava duro mesmo.

– Por isso. Mas não vai dar tempo disso acontecer. A gente vai cair morto na hora certa, quando começar a escurecer.

Macu vai começando a pegar no sono, mas cochicha outra vez:

– Cair do alto sem machucar cê sabe, né?

– Sei.

Ele vira pro outro lado e quase imediatamente começa a ressonar. Dungu-í, não. Os gemidos e gritos na escuridão por água! água! ou pão! comida!, um resto!, as tosses a respiração entrecortada o rolar dos corpos os estertores de quem está morrendo na escuridão, tudo isso o perturba demais. Só pouco antes da madrugada acaba também pegando no sono da exaustão.

Antes do alvorecer, os capatazes entram de novo na mina, estalando os chicotes. Todos se levantam como podem, e alguns não levantam mais. Com chutes, são empurrados para fora do caminho. Terão de esperar a hora da faxina, no final do dia, para serem jogados no Abismo do Abutre. São os que estarão mais duros.

Macu e Dungu-í começam os trabalhos. Não tarda o toque de tambores e cornetas que anunciam a chegada do Senhor. O capataz chefe se aproxima da liteira, faz uma saudação e espera as ordens. Macu espia, sem que os capatazes, que também espiam, percebam. Qualquer chegada do Senhor perturba a todos porque nunca significa nada de bom. Apesar da grande disciplina, todos tentam escutar.

– Fui alertado que a produção está fraca – a voz chega cortante ao capataz chefe.

– Fazemos todo esforço, Senhor, mas os escravos que chegam nem sempre estão em condições e...

– Cale-se!

– Sim, Senhor.

– Estamos nos preparando para uma guerra. Precisamos de mais ouro. Muito mais. Sua missão é essa, e se não puder cumpri-la com os escravos que tem, antes de providenciar novos escravos terei de providenciar outro chefe de capataz.

– Sim, Senhor.

E dessa vez quem estremece mais são os próprios capatazes. Chicotes voam pelo ar. Um deles acerta meu amado em cheio e Macu cambaleia, cai, mas, com esforço, ergue-se rápido para não ser chutado. Ainda não chegou a hora e, se ele se deixar ficar no chão agora, não vai ser preciso fingir de morto porque estará morto de verdade. Os capatazes estão histéricos e o dia torna-se mais infernal do que o de ontem.

Uma das icamiabas cai perto dele, magra e surpreendentemente baixinha, quase tão baixa quanto Macu, cabelo cortado com facão – a primeira coisa que eles fazem quando uma amazona chega é cortá-lo ainda mais; corre a crença de que é do crescimento dos cabelos que brota a força delas, ainda que as guerreiras tenham, todas, cabelos curtos. Cai e é tão chicoteada que quase desfalece, mas consegue se reerguer. A pele e o cabelo estão cobertos de lama ressecada e pó dourado. Dungu-í cochicha com Macu:

– Avisamos pra ela do plano?

– Não, não – Macu sobressalta-se. – Muito arriscado.

Mas enquanto o dia passa, a icamiaba é das mais chicoteadas e, mesmo assim, se ergue e continua. Macu a espia de longe. Tem força e altivez, a danada, apesar de tão pequena. Parece menina, deve ter sido capturada em uma de suas primeiras patrulhas. Fica com dó e, aos poucos, ou porque seu coração mole vai virando pasta, ou por começar a perceber que uma pessoa assim poderá ser útil na fuga, também vai mudando de ideia. Consegue se aproximar:

– Sabe fingir de morta?

A jovem se assusta, mas de imediato entende que algo se passa no fundo daqueles olhos retintos quase tão assustados quanto os dela, de uma criatura que ela não sabe quem nem de onde é. Responde sem hesitar:

– Sei.

– Sabe cair do alto sem se quebrar?

– Sei.

– Hoje, no final do dia. Caia perto da entrada. Finja de morta. Não respire. Deixe que alguém tire suas correntes e te carregue pro abismo e te jogue de lá.

Ela não mexe os olhos, mas entende.

O inferno daquele dia se estendeu no tempo ainda mais do que o habitual. Açodados pelo Senhor a exaurir tudo que pudessem dos escravos, os capatazes fizeram com que trabalhassem até quase o total escurecer dentro da mina. O que facilitou bastante os planos de Macu. Um filete precário de pálida luminosidade era tudo o que restava quando os três caídos foram carregados sem que nenhum dos guardas, depois do dia exaustivo também para eles, se dispusesse a verificar de perto se estavam mesmo mortos ou não. Os três corpos famintos e sedentos foram jogados quase ao mesmo tempo no abismo. E sobre eles os verdadeiros cadáveres.

Já era noite escura, e os abutres são animais que dormem. Menos um problema. Não seria fácil espantar abutres querendo carne.

Macu tenta respirar debaixo dos mortos jogados sobre ele.

Não havia previsto a dificuldade de sair por entre o monte dos corpos movediços. Não há apoio para os pés nem para as mãos, não há em que se segurar para se alavancar. Cada esforço para cima parece fazê-lo deslizar mais para o fundo, como se aqueles milhares de ossos e de mãos mortas o puxassem solidários para baixo. Pensou que de fato iria morrer sufocado pelo cheiro intenso de putrefação. Pensou que os outros também morreriam. Pensou que afinal seu plano não tinha sido tão bom assim. Pensou em muitas coisas horríveis enquanto tentava, como um pobre afogado, se desvencilhar dos esqueletos pontiagudos com seus restos de cabelos, e das pernas braços caras e bocas ainda em carne – carne, não, que quase ninguém mais tinha carne, mas pele, pele seca e crostas do sangue coagulado, empurrando e abrindo caminho até chegar à beirada do monte e, aí sim, deslizar ofegante para baixo.

– Sai do caminho, porqueira!

Conseguiu. A menina icamiaba já estava lá, olhos mais esbugalhados do que nunca, vendo o reflexo do espectro da noite sobre o monte obsceno. Dessa vez, sim, parecia olhar sem entender.

Macu se aproximou e uma mesma sensação de paralisia de puro horror se abateu sobre os dois, vendo a cabeça aterrorizada de Dungu-í aparecer mais adiante.

Macu conseguiu ir até lá e puxá-lo, ajudando-o a sair. E foi também meu herói quem praticamente arrastou os dois companheiros para fora dali, passando pela extensão negra dos abutres de ventres abaulados, dormindo apoiados em um dos pés, o outro dobrado sob as asas onde também enfiavam as cabeças papos e bicos satisfeitos.

Caminharam muito tempo pelo deserto de pó dourado até chegar a um filete de água escura. Macu a cheirou e avisou:

– Não bebam. Essa água tá podre. Mas pode servir pra tirar a gente daqui. Vamos entrar e seguir boiando na corrente. Não mergulhem a cabeça e veremos até onde ela nos leva.

Capítulo 10

Os três foragidos atravessam campos ressecados, e caminham. Veem pequenos morros amarronzados à distância, mas nenhum deles sabe onde estão. Veem ninhos gigantes de cupins, quase da altura de Dungu-í, e rochas vermelhas que se desmoronam se tentam subir nelas.

Maní, a icamiaba, tem um sentido maior de orientação e é quem sugere o rumo, mais por intuição do que por conhecimento. Tinham concordado que o mais acertado seria seguir para a terra do Primeiro Povo. Não que tivessem certeza, mas era a direção conhecida por pelo menos dois deles, já que Maní esteve lá uma vez, em treinamento. E ela é quem de fato conduz o trio.

Macu o que mais faz é pedir para descansar.

Há dias caminham, e meu herói pede outra vez para que parem um pouco. Estão com muita fome, e enquanto ele cochila, Dungu-í vai procurar caça naquele descampado, algum bicho que possa caçar com mãos e pedras. Maní trabalha na improvisação de um arco e flecha com o que encontrou pelo caminho: galhos cipó uma lasca de pedra. Mais vale uma zagaia improvisada do que nenhuma. Só que ainda não está pronta.

Dungu-í volta de mãos vazias.

– Não tem caça por aqui. Nada, nada. Só esse mato seco.

Maní estende para ele a mão cheia de saúvas escuras e gordas.

– Não aguento mais comer essas coisas do mato – ele recusa. – Tanta folha e raiz e coquinho e inseto tão me dando caganeira.

– Se preocupa não que tem quem gosta. Eu como procê – diz Macu, acordando com o mastigar apetitoso de Maní, que lhe estende a mão com as formigas pretas bundudas, as que ele mais gosta. Se tivesse fogo, fritava, para que fizessem o barulhinho gostoso das coisas crocantes bem mastigadas. Mas não fizeram fogo ainda, receando atrair gente inimiga.

– Tô cansado de descansar – Dungu-í resmunga.

– Se preocupa não que descanso por você – diz Macu, enchendo a boca com as formigas.

Refeição feita, ele tira do cinto um pequeno galho oco com água. Com cuidado, quebra-o em pedaços e o oferece para Maní, que bebe o líquido adocicado, e depois para Dungu-í, que faz um gesto de quem não quer.

– Tá cansado de beber? Se preocupa não que eu bebo procê. – E já ia se virar outra vez pra continuar o cochilo, mas Maní se levanta:

– Vamos, temos de sair daqui antes que anoiteça. Esse descampado não parece seguro.

Ela e Dungu-í se erguem, Macu, relutando, segue atrás. À frente se estende o campo seco e, bem mais além, Dungu-í, o mais alto, diz que dá pra ver um buritizal ou o começo de um bosque. É lá que pretendem chegar antes que anoiteça.

Do barulho forte do toró que caiu à tarde e se transformou em chuva de pedra e vento forte, curvando as árvores menores e arrancando a cobertura de palha dos telhados, restou o cheiro de terra e folhas batidas e a mudez da chuvinha rala e intermitente.

Ganga-í pensa no que não conheceu nem poderá conhecer, o sol abrasador da terra que habita os sonhos desse seu povo. Não sabe o que é o sol abrasador da terra dos seus pais. Nem conhece Véi, a Sol desta terra. Nascido na Terra da Chuva, o que ele conhece dela é um pequeno ponto distante, pálido e ofuscado por cúmulos negros, de onde vem a luminosidade precária do dia. Sente saudades do irmão. A voz estridente da mãe o tira de seu devaneio:

– Ganga, vá chamar seu pai que a comida tá quente.

O rapazinho reluta um pouco, não gosta de sair a essa hora que antecede o cair da noite. As poças d'água e a lama mole e escorregadia perseguem seus pés. Quando pequeno, gostava de brincar nas poças e fazer bola de lama para esfregar na cara dos outros meninos. Lembra-se de se divertir com aquilo, mas será que se divertia mesmo? O irmão lhe dizia que não era por ter nascido ali que devia se conformar com as coisas ruins. Não, nunca se conformar – era o que Dungu-í lhe dizia. Havia outros lugares onde a vida podia ser melhor, e era o que deviam procurar. Sempre, sempre, Ganga, o irmão lhe dizia. Procurar. Não se conforme, não aceite uma vida que você não quer, não queira um sonho que não é o seu.

Ganga-í chega ao rochedo navalhado da praia, o lugar aonde seu pai sempre vai, no romper e no fechar da precária luminosidade que consegue ultrapassar os nimbos negros e suas sombras. Dali, o velho olha o mar cinzento. Dali, passa horas observando as ondas espumando na rocha, o cheiro do sal impregnando seu corpo, deixando que o tempestuoso marulho o embale enquanto tenta entender seus deuses. Por que os trouxeram até ali? Por que os abandonaram? Que cataclismo foi aquele que rachou sua terra em dois pedaços? Quando voltarão para casa?

O filho chega e se senta ao lado do pai na quase penumbra. Os dois usam mantos por cima das roupas úmidas; o do pai já está bastante molhado, mas isso é parte da vida deles ali, e ninguém se importa.

Em outro rochedo mais à frente, outro homem também olha o além do horizonte, também questiona em silêncio o mar, e ora aos seus deuses. Sua figura é alta, imponente, a carapinha tão alva como se de prata coroando seu vulto, e ele está de pé; seu manto inflado pelo vento, como a vela de um solitário barco na imensidão. Ele também fica ali em seu rochedo escarpado a cada amanhecer e findar do dia, mas seus pensamentos são mais duros e seu semblante, mais preocupado. Ele é o Rei Negro daquela terra desgarrada.

Ganga-í, que vira o rei antes mesmo de ver o pai, inquieta-se ao olhar em sua direção. Não gosta dele, e o teme.

Chama o pai mais uma vez, que mal se mexe e não responde. Mas ele sabe como fazer o pai responder, e pela enésima vez pergunta ao homem, cuja idade também aparece nos cabelos grisalhos e na maneira como os ombros formaram uma curva no corpo, antes tão ereto quanto o do rei:

– É verdade, pai? No lugar de onde viemos o sol brilha todo dia?

– Verdade, filho. Brilha. Com uma lindeza de tirar o fôlego.

– E dali do outro lado dessa nova terra, o sol é outro, mas também brilha?

– Sim, filho, o sol brilha também daquele outro lado e dizem que aqui ele é mulher, então não é o nosso. Nosso é só este pedaço de terra onde estamos e que devemos preservar até o mar nos levar de volta para o lugar de onde viemos.

– Mas esse pedaço aqui não serve pra nada, pai.

– Não seja insolente, menino. É a terra dos nossos ancestrais, o legado deles. É o único pedaço que podemos chamar de nosso, e de lar: aqui nascemos e aqui nossos antepassados estão enterrados. Foi esse pedaço que nos salvou do grande cataclismo e nos trouxe até aqui. Não devemos ser ingratos. Não é certo abandoná-lo só porque o mar o trouxe para um lugar onde mandam as nuvens negras da chuva e uma Sol mulher.

A carcaça de um peixe grande que há dias veio se pregar em uma ponta afiada do paredão rochoso aos poucos vai se soltando. Da última vez que ele reparou, ela estava pela metade. Agora, só resta uma forma irreconhecível que pode ter sido um rabo.

– O mar nos fez parar no local errado, pai. A colheita aqui é fraca, a vida, tediosa com tanta chuva. Tem de haver um lugar melhor para onde ir.

– Não, filho, não é certo tomar a terra dos outros. Não é certo e não vamos fazer isso.

– Com tanta terra a nosso redor, há de haver uma sem dono, pai. Alguma onde nosso povo possa se estabelecer como recém-chegado, e construir nova vida.

– A terra parece que é muita, mas pra onde quer que a gente vá, alguém pode chegar dizendo que é o dono. Nosso rei tem razão: melhor ficar aqui, no que é de fato nosso, e conhecido, e onde ninguém pode vir dizer que lhe pertence.

– Não entendo isso, pai. Dungu-í está certo em procurar um lugar melhor.

– Não fale esse nome, filho. Você não tem mais irmão.

O que esse homem grisalho mais teme é perder outro filho para a atração de um novo lugar. Sua luta é triste, inglória, mas dela não pode abrir mão. Repete sua ladainha de todo dia:

– Não há lugar melhor que o nosso, filho. Nunca houve lugar melhor que o nosso. Mesmo aqui, a chuva não nos impede de comer e viver. Um dia nosso sofrimento termina e você verá com seus próprios olhos. Talvez eu não veja com os meus, mas você e seus filhos verão com os seus. E quando isso acontecer, vocês terão uma terra fértil, de húmus nutritivo, campos verdes, colheita farta e vida ensolarada.

– Eu não queria esperar mais, pai.

– Paciência se aprende, filho. E só permanecendo aqui seremos levados de volta. Esse pedaço é nossa barcaça que se soltará no mar: assim como nos trouxe para cá, um dia nos levará de volta. Por isso não devemos abandonar este lugar. Quando seu irmão fugiu, você me fez um juramento. A mim e aos nossos deuses. Não se esqueça disso.

Impaciente, Ganga-í se levanta.

– Vamos, pai, enquanto a comida está quente.

Sem esperar, desce do rochedo. Não quer mais ver o mar, não quer mais ver a figura do rei e sua coroa branca refulgindo no escuro da noite que já baixou. Sua mãe vai ficar uma fera e os dois, ele e o pai, vão comer uma janta fria e aguada.

Quanto a mim, aqui do alto, admito que não conheço direito. Esse povo. São bonitos. Suas mulheres se vestem de cores. Armam os cabelos de jeito diferente, com pentes e panos. Seus jovens me fazem querer recordar meus tempos de brincadeiras. Mas não entendo quando. Eles dizem que só Véi, a nossa Sol, é mulher. Que o sol deles é macho. Que terra estranha deve ser essa. De onde vieram! Entendo o sofrimento deles. Sei o quanto é triste não ter mais. Seu próprio lugar.

Me dá vontade de refrescar minha vista e estendo meus olhos para o meu vale.

Antes, me detenho na Caverna da Desterrada e seus meninos; ampla, limpa e organizada como uma tenda. Há o espaço onde todos ficam, e uma separação bem-feita, de palha, que leva às camas também de palha, onde todos dormem juntos. No fogão de pedra, montado ao lado da entrada para que a fumaça não provoque tosse nos bebês, um dos meninos está assando dois pequenos porcos selvagens de pelo eriçado, focinho comprido, dentes pontudos.

Deve estar cheirando bem, mas cheiro não consegue subir até este meu canto.

Outro punhado deles cuida dos estábulos. Nem todos têm seu cavalo, como seria de desejar; é privilégio dos mais velhos. Os menores têm de dividir um cavalo entre dois ou até três.

É mais fácil achar bebês humanos machos do que cavalos ou éguas. Mas, nesses dias, nem bebês a icamiaba madura, de ancas largas e seios grandes, que deixou crescer seus cabelos, agora que não é mais guerreira, tem conseguido salvar na pilha. Poucos sobrevivem à queda. E os que sobrevivem nem sempre conseguem chorar até a chegada dela à noite – o horário em que, escondida pelas sombras, consegue achá-los pelo choro. Mas não é só por isso que tem tido poucos bebês; ontem não jogaram nenhum, hoje tampouco. O que significa que as Icamiabas estão em guerra.

Tempo de guerra é tempo de morte, não de nascimentos.

Um dos meninos tira leite de uma ovelha ali perto. Outro grupo, mais distante, procura Saci na terra seca que se levanta em redemoinhos vermelhos. É estação dos redemoinhos de onde nascem os sacis, e os meninos adoram brincar de pegá-los.

Quando voltam, estão animados. Dois trazem uma cesta cheia de abius maduros e bem amarelos, outra de grandes sapotis de casca marrom e cajuzinhos vermelhos, mas a animação é provocada pelo terceiro, que traz um pequeno saci na mão.

– Outro, mãe! – eles gritam. – Chegou no redemoinho.

– Deve ser o último porque já está acabando a temporada – ela diz. – Deixa eu ver.

Eles mostram a carinha do bebê-saci, de olhinhos abertos e curiosos. Ela faz um cafuné na carapinha dele e despacha os meninos:

– Vão, vão. Levem pro compadre.

Os meninos saem correndo, subindo pela rocha até o outro lado, onde há outra caverna, e um curupira está sentado na pedra à entrada.

– Curu! Achamos outro! Olha! – eles descem, gritando.

O curupira é só um pouco maior que eles, de rosto grave, sem nem sombra de um sorriso – curupiras não sabem sorrir. Mas seus olhos se enternecem um pouco quando os meninos lhe entregam o bebê-saci. Entram na caverna, essa bem menor, ele na frente, com os meninos atrás.

Em um canto, entre um macio capim bem escolhido, há um ninho com seis outros bebês-sacis.

– É o último da temporada – Curupira confirma. – O sétimo que faltava.

Os meninos pulam e batem palmas e voltam correndo para contar à mãe que era mesmo o último que faltava.

Ao lado dela está o mais velho deles, um adolescente esguio, pele queimada de sol, cabelo comprido e saranhado. Foi por esse filho que essa icamiaba guerreira abandonou seu povo. Por esse filho que ela não quis sacrificar. No dia de seu nascimento, acocorada para recebê-lo e constatando que era um macho, como pressentira, disse que ela mesma o levaria ao despenhadeiro. Era comandante, respeitada, e nenhuma das subordinadas ousou barrá-la. Serena, com o bebê nos braços, montou em seu cavalo e jamais foi vista outra vez.

Um crime como esse era punido com extremo rigor, como exemplo. Uma patrulha saiu em seu encalço, mas não conseguiu encontrá-la. Treze temporadas se passaram desde então, mas sua sentença de morte era perene: se algum dia fosse encontrada, morreria. Com certeza todos os seus meninos também.

E agora o filho a convencera de que precisava partir. Queria conhecer outros lugares, procurar o pai. Ela lhe contara sobre ele, um homem do El Dorado, um reprodutor gentil por quem cometera seu primeiro crime: se apaixonar. E por também ter se apaixonado por ela, ele foi expulso precocemente.

Com o tempo, todos os reprodutores eram expulsos, soltos em algum lugar bem distante e diferente a cada vez. Eram soltos em grupo, o que aumentava as chances de sobrevivência e de acharem o rumo de volta ao lugar de onde vieram. Mas o castigo do homem que ela amou foi ser solto sozinho. Se sobreviveu, foi com severas dificuldades.

Além disso, o povo dele era inimigo e predador, explicara ao filho. Um povo guerreiro, como o dela, mas pelas razões opostas. As Icamiabas defendiam a natureza rios matas animais e o Primeiro Povo. Os do El Dorado ambicionavam apenas riquezas e controle. Havia muito se autoproclamaram inimigos mortais do Primeiro Povo, que odiavam pela falsa crença de que o segredo da Terra Sem

Males aumentaria o poder que já tinham. Ódio que sempre aumentava porque, ainda que o Primeiro Povo fosse desarmado e pacífico, jamais conseguiam dominá-los, defendidos que eram pela reciprocidade das forças da natureza e pelas Icamiabas. Porém, não desistiam. Desistir era verbo desconhecido por eles.

– Seu pai, no entanto, tornou-se diferente. Era guerreiro, criado como guerreiro, e nada sabia do mundo, além do que lhe fora ensinado. Estava em sua primeira campanha quando o conheci. Você poderá reconhecê-lo pela cicatriz atravessada do alto do lado esquerdo descendo para o direito da testa, causada pelo golpe que lhe dei ao aprisioná-lo. Mas no pouco tempo que ficamos juntos, ele começou a ver as coisas de outro jeito. Imagino que, se conseguiu sobreviver, não voltou a El Dorado. É um homem corajoso, de coração amável, e aprendeu a pensar. Seu nome é Salingor. Se você o encontrar, fale de mim.

– Falarei, mãe.

– Mas não abra seu coração nem sua vida, Amazon. Não crie expectativas nem confie completamente em ninguém, em circunstância alguma. Tampouco fale seu nome completo, que de nada lhe servirá nem lhe abrirá porta alguma. Use apenas Mazon. É mais seguro.

– Entendo, mãe.

Ela olha o filho imberbe, a linha reta de suas costas nuas, as panturrilhas musculosas de menino criado livre, começando a deixar para trás os contornos roliços da infância. Era muito parecido com o pai: pele clara sob o dourado deixado pelo sol, cabelos castanhos, olhos estreitos amarelados, testa larga, nariz bem-feito, e a mancha amarronzada de um triângulo na nuca. Ainda cresceria mais e provavelmente ficaria mais alto do que ela. Se tivesse a alegria de vê-lo outra vez, seria homem feito, de músculos fortes, traços do rosto mais pronunciados.

– Quando pretende partir?

– Agora que a decisão está tomada, quanto antes melhor, mãe. Amanhã, ao clarear.

– Vou falar com o compadre Curupira. Ele irá com você.

– Deixa disso, mãe. Se vou partir é porque sei me virar sozinho – diz o garoto.

– Curupira é experiente, será de muita ajuda. Além disso, como seu padrinho, não deixaria você partir sozinho; seguiria atrás, de qualquer maneira. Melhor já seguirem juntos.

Apesar de sua sede de independência e orgulho, Amazon, sem querer, sentiu-se, de certa forma, aliviado. Tinha coragem e vontade de seguir seu rumo, e estava feliz por isso, mas sabia das vantagens de ter a companhia do padrinho. Só não queria que a mãe achasse que era insegurança dele.

A mãe sobe a rocha e desce do outro lado até a caverna dos curupiras e do ninho de sacis. Curupiras são todos iguais, olhinhos oblíquos bem puxados da cor marrom um pouco mais clara do que a da pele, orelhas pontudas e prontas para escutar o mínimo som, nariz afilado com ventas boas de cheirar, testa larga, cabelo laranja eriçado, boca quase imperceptível de tão fina e tão pouco dada a conversas. Apesar daqueles anos de convivência, ela nunca aprendera a distinguir qual dentre eles é seu compadre, inclusive porque todos são compadres, cada um de um menino. O seu primeiro filho teve o primeiro padrinho.

Pergunta ao que está sentado na pedra da entrada:

– É você, primeiro compadre?

Sem responder, Curupira entra na caverna e de lá sai outro, exatamente igual:

– Precisando de mim, comadre?
– É amanhã que ele parte.
– Ficarei na pedra esperando.
– Proteção completa, compadre.
– É a única que eu sei, comadre.

Capítulo 11

O murmúrio da queda d'água chega como bálsamo há muito esperado, e os três avançam velozes pela mata cerrada, ao encontro das águas que acreditavam presumiam ansiavam que fosse limpa e cristalina.

Dungu-í e Macu não só se atiraram para beber da água pura, como logo nela mergulharam, alegres e aliviados depois de tantos dias. Era a primeira água boa que encontravam, e nela se esbaldavam a mais não poder.

Maní ficou olhando de longe, estranhada. Depois de saciar a sede e lavar demoradamente o rosto, sentou-se em uma pedra, vendo-os tirar a pouca roupa, muito suja e rasgada. Por precária que fosse, no entanto, ainda tapava algumas partes, e, ao se despirem ali, eles se tornaram os primeiros homens que ela via nus. Espanta-se um pouco. Sabia das diferenças entre eles, e com as amigas comentava como seria quando e se decidissem parir. Às vezes, via os reprodutores, mas sempre vestidos, pois nunca se aproximara muito. Se algum dia decidir ser mãe, se aproximará, mas ainda não sabe se vai querer. Ela é guerreira, e as guerreiras em geral não pensam em filhos. Às vezes são convidadas ou convocadas a assumir esse papel, mas nem sempre. No caso dela, então, que logo na primeira expedição foi capturada, difícil imaginar que um dia seja chamada. O mais provável é que morra antes. Aproveita a situação em que está para ver como os homens realmente são.

Meu Macu não dá a mínima para a curiosidade dela, mas Dungu-í parece ficar sem graça. Quando seu chuí começa a crescer, ele mergulha na água fria. "Peraí", ela grita, frustrada. "Deixa eu ver o que está acontecendo." Mas ele balança a cabeça que não, acha esquisito ficar ali sendo examinado daquele jeito por ela. Não era assim que se fazia essas coisas. E ela diz, "Não vou fazer coisa nenhuma. Só quero ver como é". "Pois veja o do Macu, o meu não."

Mas no do Macu nada estava acontecendo. Ele estava debaixo da cachoeira e devia estar quase cochilando. Baixo do ruído hipnotizante das águas. Tenho reparado que ele não brinca mais como antes, quando a gente brincava até cansar. Depois ficava descansando na rede. Um nos braços do outro. Ara, ara, meus cuidados! Será que perdeu a graça? Será idade? Se eu pudesse voltar pra terra. Juro que dava um jeito nisso.

Só depois que os dois saíram do poço, Maní entrou. Macu aproveitou pra espreguiçar um pouco, mas Dungu-í ficou por ali e foi sua vez de espantar, observando o cabelo curto de Maní mudar quando a sujeira acumulada de lama e pó saiu nas águas, e sua cor extraordinariamente vermelha apareceu. Sua pele, antes encardida de sujeira e agora esfregada com brotos de folhas tenras, adquiriu o tom mais branco que ele jamais vira. "Uma branquinha da filharada da mandioca", tinha dito Macu. E quando ela tirou a faixa empretecida de nódoa e pó amarrada em seu tórax, ele viu o pequeno e perfeito seio esquerdo aparecer e, no lugar do direito, um risco rosado em forma de lua minguante branca, quase imperceptível. Ele sabia quem eram as Icamiabas, mas nunca vira uma, muito menos nua. Pernas e braços torneados, ele já vira muitos, mas nenhum tão branco assim. Maní lavou a faixa e a curta saia trançada e desapareceu sob as águas da cachoeira.

Só então Dungu-í conseguiu sair dali e foi caçar. Voltou com um pequeno veado. Fez uma fogueira e começou a assá-lo, enquanto Maní aproveitava para aperfeiçoar seu tosco conjunto de arco e flecha. Com o cheiro dos galhos ardendo na fogueira, Macu abriu um olho, mas, depois do banho gostoso e relaxante, virou-se para o outro lado e continuou cochilando. Só com o cheiro do assado pronto é que ele despertou e se juntou aos dois.

– Cê anda tendo pesadelo, Macu? – Dungu-í pergunta. – Essa noite você deu uns gemidos, que fiquei até com medo.

– Ah, foi? Não é pesadelo, não. É outra coisa.

– Que que é?

– Tenho como um oco assim por aqui. – E passa a mão por todo o tórax.

– É fome.

– É não. É que tô pensando no meu outro, o Naíma. Pensando no que ele anda fazendo. E pensando também na véia implicante, a Pisadeira. Nunca imaginei que ia pensar nela na minha vida, mas tô pensando.

– Do jeito que a gente pensa nos mortos?

– Não. Nada de mortos, não, lambe essa boca! Eles tão mais vivos que eu. É só que vai me dando uma vontaaaaade de dormir na minha rede, quer dizer, minha só, não, minha e dele. Naíma deve tá dormindo nela sozinho, e me dá uma raiva! E deve tá comendo as comidas sozinho, e bebendo as bebidas sozinho, e eu fico com mais raiva ainda! E depois ele não sabe catar erva direito. A véia deve tá precisando de quem cate ervas pra ela, e quem vai catar, se eu num tô lá?

– Mas desde quando cê gosta de catar erva, homem?

— Gostar num gosto não. Mas a véia precisa. O povo da aldeia precisa. E se cê acha que durmo muito, precisa ver Naíma. Aquele dorme dez vezes mais que eu e não entende nada de ervas. Mistura tudo. É meio abestado, essa é a verdade. Meio pamonha.

— E você, não é não?

— Só se for de tanta inteligência, homem! E vamo deixar pra lá essa conversa que já me cansou. Melhor dormir um pouco.

— Tava demorando.

Maní abre uma risada e comenta:

— Abestado é que esse aí não é mesmo.

Dungu-í ri também.

— Se fosse, a essa altura a gente estaria era na barriga de um urubu. — Arrepia-se todo e se levanta. — Vamos caminhar mais um pouco?

Os dois apagam a fogueira, escondem os rastros, cutucam Macu:

— Vambora, homem!

E retomam a marcha, entrando pouco a pouco em uma mata de árvores baixas e troncos tortos. Vão entrando, entrando. São árvores ressecadas, de casca grossa e folhas endurecidas, de um fosco verde amarronzado. Nenhum deles tinha visto mata assim. O calor é grande, eles já caminharam muito e não há indício de água por perto.

— Aí tem coisa — diz Macu. — Melhor descansar um pouco. — E vai se sentando debaixo de uma sombrinha raquítica que achou.

— Outra vez, Macu? — pergunta Dungu-í. — Aqui tem mosca das mais chatas.

Ele e Maní tentavam espantar uns mosquitões que vinham voando em torno deles fazia um tempo.

— São infernais. Nunca vi assim, e não há mel de espanto por aqui. Já já perco a cabeça – diz Maní.

— Pois então, num tô dizendo? Pra não perder a cabeça, senta um pouquim que eu conto de onde elas vêm.

Aflitos com a quantidade de mosquitos e tanto calor e sede, eles se sentam um pouco, disputando a sombra. Macu conta:

— Antes não tinha nada disso tudo. Nem mosquitão nem mosquitim nem mosca nem carapanã nem mutuca nem pium nem carrapato nem pulga nem nada. Em compensação, tinha uma ave que era enorme e muito da implicante e metida, e mexia em tudo, e comia tudo que via. Impertinente mesmo. Num deixava ninguém em paz.

O pior é que ninguém podia acabar com ela de vez porque, naquele tempo, ninguém acabava com ninguém.

Então foi que um dia ela se pôs a comer tudo que encontrava pela frente: caroços frutinha frutona sementes coquinhos pedras ossodebicho dentedebicho unhadebichomorto, tudo, tudo. Foi enchendo e enchendo o papo, sem querer saber, até que, de repente, puiim!, estourou. Estourou e foi aquele enxame nascendo do papo dela, mosquitão mosquitim mutuca carapanã pium abelha vespa carrapato pulga marimbondo essa gentalha. Todos esses bichos que hoje são muito mais impertinentes e infernais que a mãe deles.

— E que mais? – pergunta Dungu-í, mal-humorado como estava com os zumbidos em volta da cabeça e com a coceira das picadas.

— Que mais, nada. Cabô.

Dungu-í se ergueu:

— Esses bichos num dão nem história boa! Vambora!

Macu, ofendido com o fracasso de sua invencionice, vai emburrado na frente. Está surpreso porque, como os outros dois, tampouco conhece aquelas plantas, não vê fruto nenhum, nem galho de onde possa extrair algum líquido para serenar a sede que está aumentando. Só formiga é o que ele está achando naquela aridez. Dá pra quebrar o galho da fome, mas o pior é a sede.

Entretido em procurar, quando se dá conta, está agachado no meio de uma pequena clareira. Ao redor, três homens e duas mulheres sentados nos tocos de árvores mortas ou no chão de terra seca olham pra ele. Estão vestidos de couro marrom curtido, enfeitado de muito pesponto, faixas e pedras coloridas. Usam anéis dourados em todos os dez dedos e cinturões com as bainhas dos facões também incrustados de joias. Um dos homens, meio deitado ou meio sentado em uma rede que parecia aberta à faca no couro de uma jaguatirica, está ocupado enfeitando um chapéu; outro costura um cinturão. Todos riem da cara dele ou pra ele, como saber? O jeito é rir também. Uma gargalhada geral se espalha, e Dungu-í e Maní também entram na roda.

Macu para de rir e pergunta:

– Ô, gente boa! Cês com certeza hão de conhecer o caminho pra Terra do Primeiro Povo ou quá?

– Quem por aqui num conhece, cumpadre? – responde um deles. – Tá meio longe, mas o vento que sopra lá é o mesmo que sopra cá. Seguindo direto nesse rumo, cês acabam chegando. Ou cês é que nem quem vai na garupa e não comanda as rédeas? É na garupa que cês vão?

– Garupa que nada, meu povo. A gente vai é a pé mesmo. Com nosso muito obrigado e todo respeito, junto com vossa licença, já vamos indo que o tempo arde e já é tarde – Macu responde, com estudada mesura, e segue com os amigos pela direção indicada, deixando o grupo do couro enfeitado ainda às gargalhadas.

Dungu-í pergunta, intrigado:
— Quem é essa gente, Macu?
— E eu sei?!

Lá está a Grande Mãe e sua coorte, bem longe dali, chegando à margem do nosso grande rio. A areia se estende tão branca, e a água negra e lisa parece ter peso, majestade e imponência líquida, tão profunda e volumosa que não deixa ver a margem do outro lado. Nem mesmo a terceira margem, cuja única habitante é justamente quem o cortejo das Icamiabas vem visitar.

"Mbaê-Tatá, Mbaê-Tatá", o coro entoa seu chamamento. Um canto agudo e possante que se eleva no crescendo das harmoniosas vozes femininas:
"Ará ará, com respeito e grande amor
Mbaê-Tatá, Mbaê-Tatá
viemos saudá-la, ará ará
grande senhora das águas doces
Mbaê-Tatá, Mbaê-Tatá
venha a nós, senhora
com sua ajuda ará ará
venha com suas luzes e seus poderes ará ará
venha com seu fogo e suas águas ará ará
e seu amor e sua graça
grande senhora Mbaê-Tatá."

Pequenos raios que vêm de dentro, e não de fora, começam a iluminar e sacudir as águas. Raios que vão aos poucos se agigantando e encapelando correntes, formando ondas e agitando redemoinhos que se abrem em fendas fundas para acompanhar os movimentos poderosos da criatura gigante que governa as águas dos rios lagos lagunas igarapés igapós riachos córregos remansos águas claras águas azuis águas verdes pretas marrons águas barrentas salobras límpidas todas as águas doces do mundo e seus mananciais.

E só quando a voz solitária da Grande Mãe se espalha pelo rio, chamando,

– COMAAAAAAAAADRE!

A água se ergue numa onda desmesurada, e ela chega.

Põe pra fora sua enorme cabeça de escamas multicores, enquanto as correntes profundas da água se paralisam completamente e nem uma gota se mexe.

– Sua bênção, comadre! – A Grande Mãe se inclina.

– Sua bênção, rainha! – o coro entoa.

Com pompa, esplendor e majestade, Mbaê-Tatá aproxima sua cabeçorra de gigante da em comparação minúscula cabeça da Grande Mãe que, em murmúrios audíveis apenas entre as duas, explica a situação do Primeiro Povo e o que veio lhe pedir.

Capítulo 12

No horizonte amarelo, Dezengor se deleita com o contraste formado por seu exército trajado de negro. Está ali, com sua ferocidade habitual, acompanhando a inspeção dos soldados.

O embaixador e sua comitiva, de volta alguns dias atrás, trouxeram a notícia do acordo firmado com os mercenários e o prazo estimado para se juntarem no Vale dos Tamanduás, a poucos dias de distância das terras do Primeiro Povo. Os preparativos, que haviam começado muito tempo antes, adquirem ritmo frenético.

O exército do El Dorado é formado por milhares de guerreiros rigorosamente treinados. Sua eficiência famosa é a da luta corpo a corpo, mas é famoso também por levarem na retaguarda um destacamento de mortos-vivos, os pavorosos Corpos Secos, tirados das pilhas de cadáveres de escravos das minas jogados no despenhadeiro e jamais enterrados. Embora se saiba que um Corpo Seco não tem poder nenhum contra os vivos, eles trazem para o campo de batalha o horror do sobrenatural, perturbando os guerreiros, paralisando-os por instantes fatais no tumulto do combate e fazendo os mais fracos fugirem aterrorizados. A força deles vem dessa manipulação do medo ancestral dos vivos. Quem é capaz de enfrentar a aproximação de uma carcaça de ossos chacoalhantes, mesmo já tendo ouvido falar que ela apenas passa como uma visão através do corpo de quem está à sua frente? Quem é capaz de ficar imóvel enquanto ela se dissolve como fumaça ao contato do seu corpo? Poucos. Um guerreiro não é treinado para se deixar atravessar por fantasmas, e a mera visão de um destacamento de carcaças é capaz de infundir enorme perturbação em qualquer batalha.

Dezengor exulta examinando seu exército que se estende a perder de vista. Entre eles, o destacamento especial, composto de jovens selecionados por ele mesmo entre os melhores, e dos quais exige submissão e devoção absolutas. Como pavão inflado de orgulho, percorre as fileiras desses seus homens numa imobilidade que parece vir das pedras. Para ele, nada é melhor do que essa exaltação e expectativa, o clima da guerra entrando-lhe por todos os poros, encharcando-lhe o sangue, nesse momento em que tudo ainda é só entusiasmo, ânsia de matar e vencer. Depois, até podem surgir momentos de vacilação dúvidas medos, a corrosiva possibilidade de fracasso, mas por enquanto é só o vigor e o alvoroço rigorosamente controlados da adrenalina antecipando sangue e vitória.

– VITÓRIA! VITÓRIA! – o jovem sai gritando em frenesi. – A vitória é nossa, e quem duvidar morre aqui.

Não fosse o pai para contê-lo, com a postura e o olhar faiscante, Denzegor poderia mesmo matar alguns daqueles homens enfileirados. Apenas pelo puro prazer de matar. Pela impaciência de matar. Pela loucura da guerra que ele já começa a sentir pulsar por todo o seu corpo, num tremor ensandecido e por um triz incontrolável.

Sua irmã, Zigalora, espia de uma das janelas do palácio, olhos castanhos amarelados parecendo se encolher dentro das órbitas em concentração. Sente quase a mesma fúria do irmão, e se pudesse matar alguém, o primeiro seria ele. Não ser permitida nessa guerra é uma injustiça à beira do insuportável, mas não culpa o pai por isso. Culpa Dezengor. Não fosse ele o primogênito, seria ela quem estaria ali, ao lado do Senhor e do poder. Seus lábios tremem, os maxilares rígidos lhe comprimem os dentes, quase a ponto de quebrá-los.

Essa menina talvez seja mesmo mais forte que o irmão.

É o que pensa Cinamur, que a observa observar a inspeção do exército, e a conhece bem. Há longo tempo, observa não apenas ela, mas toda a família.

Como qualquer outro, Cinamur vê o mundo a partir de seu ponto de vista, e seu ponto de vista é por trás do trono do irmão. Dali, ele vê o poder, que considera sua missão manter. E tem visto com apreensão o que vem acontecendo com o Senhor. Deixar-se dominar pela obsessão de entender o sentido das coisas, como se houvesse um sentido nelas. As coisas são o que são e nunca tiveram sentido por si mesmas, exceto o sentido dado pelo poder de dominá-las, o único que interessa. E não há como dominar algo que não é possível dominar já que não visível, como esse sentido que obceca o irmão e que o faz começar a perder o controle sobre si mesmo, a pior falha de quem tem poder. Desconfia que o Senhor não voltará são dessa guerra fútil. Voltará com a obsessão ainda mais acirrada. Cabe a ele, Cinamur, que se outorgou a tarefa de cuidar do trono da família, considerar opções para quando o irmão perder as condições de governar.

Entre as opções com certeza não está o histérico Dezengor, corrompido desde o berço. Se herdar o trono, sua sede de destruição abalará por completo os fundamentos do El Dorado.

Zigalora poderia ser considerada. É ambiciosa e forte, saberá manejar o trono.

Cinamur está atento a ela e a admira, mas na verdade não a quer sentada no trono. Não a criou, não confia nela e receia que ela tampouco confie nele. Cometeu um erro ao não ter se aproximado e cuidado da sobrinha, quando Zigalora era criança. Tem tentado se achegar mais agora, para se garantir, mas sabe que o tempo perdido não será recuperado.

Seu preferido, como sempre foi, é o filho do meio, o ainda imberbe Anuim, de olhos que espiam tudo e parecem tudo ver. Esquecido de todos, mas não de Cinamur. É muito novo, no entanto. Terá de enfrentar Zigalora, e a batalha não será fácil. De certa forma, também, por mais que esteja sempre com ele e seja de fato seu tutor, o sobrinho até para ele é um mistério. Seja como for, Cinamur não vê outra saída a não ser dedicar seu tempo a preparar o menino.

Aqueles dois ali também à espreita. São Amazon, o filho da Desterrada, e seu padrinho Curupira, camuflados entre as folhas e flores roxas do topo de um pau d'arco. Espreitam o grupo de mercenários que descansa no começo da noite. Há dias os dois seguem espiando os Homens Sem Cor.

Mazon está fascinado com eles, o primeiro grupo que encontrou desde que sua jornada começou. Estranha a grande quantidade de homens adultos, os modos diferentes, o cheiro acre e forte que exalam, as palavras que usam e a própria língua que alguns falam e ele não entende. A mãe lhe explicara quem eles eram. Inimigos. Brutos vindos de vários lugares, falando línguas diferentes, mas se comunicando entre si com língua semelhante à deles. Que não se aproximasse muito. Não teria muita coisa a aprender com a selvageria deles.

Mesmo assim, Mazon quis observá-los um pouco. Não tinha mesmo rumo certo. Seria bom para aprender como vivem homens adultos, como se comportam. Tinha escutado que estavam a caminho de uma guerra com o Primeiro Povo, e parecia que uma grande parte deles estava irritada com o rumo das coisas. Não eram homens de andar na mata, alguns diziam. Eram homens do rio. Brigavam muito entre si e resolviam os conflitos em lutas impressionantes. Observando-os, Mazon aprende.

Houve um momento em que o Chefe falou a todos. Subiu no chifre de uma estátua dourada, que, à distância em que estavam, nem Mazon nem Curupira souberam identificar do que era. Com certo esforço, conseguiu silenciar a turba. Explicou que o destacamento maior seguiria por rio, como eles queriam, mas um grupo também deveria seguir com ele por terra. O encontro com o exército do El Dorado aconteceria no Vale dos Tamanduás, de onde então seguiriam, formando uma parede que avançaria empurrando quem quer que fosse para o rio, onde suas barcaças estariam à espera. Assim imprensado, o exército das amazonas, que de nada valia nas águas, seria facilmente derrotado. De lá, o exército do El Dorado avançaria sobre o Primeiro Povo, como desejavam, e o acordo estaria cumprido. Eles estariam dispensados e já abastecidos com o estoque de erva-da-noite e todas as mulheres-cavalos que conseguissem levar.

Os berros murros gritos em uníssono estrondaram nos ouvidos sensíveis de Curupira, que num segundo desapareceu dali.

No dia seguinte, os dois destacamentos partiram. Mazon teria gostado de seguir o que ia pelo rio, fascinado como estava com suas barcaças, mas Curupira é criatura da mata, e não das águas. Melhor, então, seguir os que iam por terra, até ficar cansados deles, pensou Mazon. Ou, através deles, chegar ao exército do povo do seu pai. Aí veria o que fazer. Talvez alguém soubesse de seu paradeiro.

O grupo que espreitam agora está em volta de uma fogueira de carne de porco-do-mato assando. Conversam grunhem gargalham xingam o tempo todo. Um deles levanta a voz e diz que está se lembrando de um caso. Um caso contado por um desses desgraçados do Primeiro Povo que eles capturaram uma vez.

– É gente que tem cada uma! Escutem essa.

E contou que um cativo disse que havia conhecido um homem que se deitou com uma mulher de um povo inimigo. Quando acabou, arrancou um punhado do pelo da caverna peluda dela e jogou na fogueira. Só que a fumaça que se ergueu envenenou o homem, que saiu gritando e pulando – e o contador do caso saiu pulando e berrando em volta da fogueira, pra que todos entendessem o que ele estava contando, enquanto gargalhadas, imprecações e todo tipo de interjeições a todo momento interrompiam a história.

– O marmanjo saiu gritando e pulando como se, mais do que ter ficado mole lá embaixo, tivesse também ficado mole nos miolos de cima.

Alguns dos que estavam escutando sentados também saíram pulando atrás do contador da história, que parou para continuar, se emborcando com as risadas:

– Os amigos lá do enlouquecido foram e pegaram um punhado do pelo cheiroso da caverna peluda de uma mulher do povo deles e também jogaram na fogueira. Quando aquele pelo todo virou cinza, eles foram e esfregaram tudim no rosto na cabeça e no gravetão do enlouquecido. E daí que que deu? Ele foi e desenlouqueceu na hora.

    Roncos de risadas e estalar e bater de pés sobem pelas árvores, mas nem Mazon nem Curupira riem. Um porque não entendeu nada, o outro porque não era de rir, muito menos de uma bobagem dessas, e estava mais interessado era em outra conversa. Com seus ouvidos que abarcavam tudo que os olhos abarcavam e muito mais, Curupira estava escutando o Chefe cochichando com seu Mão Direita, a um canto mais distante da fogueira.

    – Vai ser uma desgraceira de viagem por terra – é o que sussurra Mão Direita, um verdadeiro gigante, de cabeça retangular, cabelos vermelhos. – Os homens não estão acostumados com a mata e os bichos desconhecidos que tem por essas partes. Reclamam o tempo todo. Lembram do que passaram quando foram até a Cordilheira.

    – São homens das águas, eu sei, mas uma parte do nosso exército, nem que fosse só essa parte menor, tem de ir por terra para encontrar o exército do El Dorado no Vale do Tamanduá. – A voz muito baixa do Chefe é quase um cochicho. – Foi o combinado, o plano que eles mostraram, eu aceitei. Se não chegarmos lá com um bom número de homens, enquanto os outros esperam no rio, vão pensar que não estamos cumprindo nossa parte do acordo.

    – Falo só pra avisar que os homens estão cada vez mais irritados – seu interlocutor cochicha de volta. – Eles são os brutos que são. Não vão fazer nenhum esforço pra entender por que cargas d'águas têm de ir a pé para uma guerra que será decidida à beira da água.

    – Que não entendam, então, mas obedeçam. – E agora sua voz não era mais tão baixa. – Estão exorbitando. Vou matar o primeiro que vier com desafios outra vez. Só assim essas carcaças de músculos aprendem.

Uma centena ou mais de mercenários exaustos estão acampados mais abaixo, num pequeno vale. Exauridos pelas dificuldades do trajeto, a maioria sequer está a fim de conversar ou escutar casos, por mais engraçados que sejam. Amontoam-se de qualquer maneira para passar a noite que se avizinha.

Pelas copas das árvores, Mazon e Curupira se afastam do local e, por sua vez, acham galhos suficientemente confortáveis onde dormir. As árvores de troncos largos e copas vastíssimas são bons esconderijos e, à noite, boas camas, quando se sabe usá-las.

– Por que eles vão atacar o Primeiro Povo, Curu? – Mazon pergunta, estendido em seu galho.

– Sei não.

– A mãe falou que o Primeiro Povo é sagrado.

– Comadre sabe.

– Ela disse que são filhos diletos da natureza.

Curupira não se dá ao trabalho de responder.

Acostumado com o mutismo do padrinho, Mazon continua falando consigo mesmo.

– Um dia vou conhecer esse povo. Depois que achar meu pai, vou pra lá.

Capítulo 13

Uingu e seu pequeno grupo de foragidos do Povo da Chuva preparam-se para uma apresentação na aldeia do Primeiro Povo. Eles moram perto, em choupanas que construíram ao chegar, ao lado dos abrigos para os animais. Quando escaparam da Terra da Chuva, trouxeram Tirum, um animal de porte fino que cavalga e voa. Não tem grande autonomia de voo e voa baixo, mas faz grande sucesso nas apresentações. Ao lado da mansidão do elefante Cuanto e do leão Zunum, de passos comedidos com pachorrenta elegância, provocam um entusiasmo extraordinário na assistência. São animais desconhecidos ali e a curiosidade que despertam parece inesgotável.

O grupo se apresenta com os animais e passos de dança de sua luta tradicional. Fazem também números de equilíbrio e malabarismos, Dandu no cipó, Nim montada no elefante, e Nãna, a amada de Uingu, dançando com a serpente.

Quando chegaram àquele lugar, não pensavam ficar muito tempo, mas acabaram adotando como sua aquela bela terra, rica ensolarada, e aquele povo alegre que abre os braços para os que chegam em paz. Amam o lugar e, sempre que podem, agradecem com seus espetáculos, como estão fazendo agora.

Ao som do tambor de Uingu, Nãna desliza como se também fosse uma cobra, junto com a serpente que pouco a pouco vai se enroscando por seu corpo, uma serpente aveludada e negra que se une à pele aveludada e negra de Nãna, cuja flexibilidade parece ser a da própria cobra. Li e as irmãs prendem a respiração quando a boca da serpente toca a boca de Nãna e envolve sua cabeça, qual uma máscara movente. E quando, por fim, elas se separam e o tambor cessa, o público entusiasmado sapateia em volta, em aprovação.

Espetáculo terminado, grandes cabaças de comida aluá cauim já estão espalhadas pelo pátio central da aldeia. Alguns comem e bebem, outros se unem à dança, ao som dos tambores e das flautas.

Todos sabem que a ameaça de uma invasão paira sobre eles. No entanto, o medo não faz parte do modo como levam a vida. Poucas vezes foram invadidos, protegidos como são pelas Icamiabas e pelos seres da floresta. Um dia, os inimigos talvez consigam chegar e expulsá-los dali, mas até lá não viverão com susto e temor. São os herdeiros da Terra Sem Males, para onde todos irão quando chegar a hora de ir.

Volto os olhos para o meu vale, onde uma das tendas me atrai.

Não há luz ali, exceto a que entra da vasta noite, e Amagina, a Grande Mãe, está na cama com seu amado, o homem que ela quis só para si e tirou do grupo dos reprodutores. É um segredo seu, mantido com grande risco, um desrespeito às regras, uma situação insustentável, e ela tem plena consciência disso. Não vai durar para sempre. Mas na cama ela não é a Grande Mãe, é apenas Amagina, mulher apaixonada que nada vê a não ser o amado.

Não sabe de que povo ele é. Nem ele mesmo sabe: um ferimento na cabeça o deixou sem lembranças do passado. Amagina o encontrou quando cavalgava sozinha ao amanhecer, como é seu hábito, sentindo o cheiro úmido da campina e do vento orvalhado. É o momento que dedica a seu cavalo de pelagem metálica cor alazã-dourada, que reflete a intensidade da luz de Véi, a Sol. Pernas longas e magras, é invencível nas corridas saltos resistência em distâncias, por maiores que sejam; tem olhos grandes, narinas bem abertas, corpo longo estreito tubular, pescoço comprido fino vertical; focinho e grandes orelhas que, nas batalhas, achata para trás enquanto ele arreganha os dentes. É da raça de cavalos guerreiros, agressivo quando tem de ser, e fiel até a morte. Os cavalos dourados das Grandes Mães Guerreiras morrem por lealdade e melancolia quando sua dona morre. Por instinto, retiram-se para o cemitério dos cavalos, no fundo da escarpa sombria e cinza que só eles conhecem, e aí se sentam para não mais se levantar. Assim aconteceu com o meu, de quem tenho tanta saudade, e assim acontecerá com o de Amagina.

No dia que ela o encontrou, o Desmemoriado estava estendido no chão, entre o mato ralo, desacordado. Parou para socorrê-lo, mas, vendo seu estado, pensou em lhe dar o golpe de misericórdia. No entanto, alguma coisa naquele desamparo a comoveu. Examinou seu corpo benfeito, de homem puro músculos e ossos fortes, dentes bons, poderia ser útil. Decidiu levá-lo para os cuidados de suas curandeiras, para que servisse depois como reprodutor.

Enquanto durou a convalescença, Amagina passava pela Tenda das Curas para saber de sua saúde. Ia até a beira do leito, e estava lá quando ele recuperou a lucidez e a fala. Foi a primeira a saber que ele não se lembrava de nada, nem do nome, nem quem era, e sua preocupação e atenção com ele foi num crescendo que não previra. A pretexto de ajudá-lo a recuperar a memória, levava-o a cavalgar e, no calor de uma dessas cavalgadas, ela se despiu e o despiu também e se ofereceu a ele, e brincaram pela primeira vez, e depois ficaram por um bom tempo na relva, muito interessados um no outro.

Foi a primeira regra que quebrou. Não que à Grande Mãe fosse proibido deitar com um homem, imagina! Mas se o fizesse, teria de ser com grandes cuidados para não emprenhar. Segundo as regras, ela já poderia ter parido uma ou duas vezes (uma vez seria o aceito; excepcionalmente duas, o número máximo de gravidezes permitido a uma guerreira icamiaba, para não atrapalhar suas atividades prioritárias).

E havia as Tendas de Homens que, por um motivo ou outro, não eram capazes de reproduzir e se deitavam com as mulheres já não parideiras. Não eram lugares de muito prestígio. Embora não proibido, era como se houvesse uma falta de sentido em quem as frequentasse, certa frouxidão em relação à missão maior, certo descaso pelo valor maior de todas. Mas ir ali era aceito. Sobretudo depois de alguma batalha, quando a adrenalina do perigo luta e sangue derramado provocava, talvez em compensação pelas mortes, uma explosão exasperada da libido. Muitas icamiabas, no entanto, preferiam o dedilhar a suavidade e as línguas das companheiras. O que era explicitamente proibido era o amor. O amor atrapalha. Mesmo entre elas, o amor não era bem-visto. Quando apaixonadas, as duas ou mais companheiras guerreiras pediam para seguir na mesma missão, o que às vezes não era o melhor a ser feito. E há o ciúme e a vontade de nada fazer, exceto as usuais brincadeiras de amantes. Melhor não amar. Sexo, sim; amor, não. Era esse o lema do meu povo.

À Grande Mãe era também permitido brincar com um homem estéril, se quisesse, nas Tendas dos Homens, mas, em geral, se considerava que em sua posição ela teria abdicado dessas necessidades e vontades. E Amagina, naquele seu primeiro momento de fogo e ardor, não sabia se o Desmemoriado seria capaz de reproduzir ou não, e pior: se apaixonou.

Foi uma regra que meu Macu me fez quebrar. No meu tempo. E bem gostei de ter quebrado.

Parece que Amagina também gostou. Por sorte, não engravidou. Nem dessa primeira vez, nem das outras. Talvez os ferimentos das batalhas tenham deixado o Desmemoriado estéril. Ou era ela a estéril. De fato, nunca teve filho, mesmo porque sempre tentara não engravidar. Nunca sentira como sua a missão de gerar uma vida; o que sempre quis foi ser guerreira. A melhor. Desde sua iniciação e primeira batalha, foi realmente a melhor, o que a pôs na linha da sucessão e aprendizado muito jovem. Tornara-se Grande Mãe não havia muito tempo, e tampouco esperava durar muito. Em épocas de guerra, as Grandes Mães não tinham tempo de envelhecer.

Depois da primeira regra quebrada, Amagina fez outra coisa inusitada. Colocou o Desmemoriado na Tenda dos Homens, mas como se fosse um dos Sem-Dedos, separado. Se isso despertou comentários, não chegaram a seus ouvidos. E era no cubículo dele, isolado dos outros, que ela chegava no meio da noite, envolvida pelas noites sem lua, como se fosse uma icamiaba qualquer.

– Amado – ela lhe diz agora. – Há uma guerra em preparação. Em breve, terei de partir e é certo que ficarei longo tempo fora.

– Quando você fala em guerra, consigo me ver no meio de batalhas. Devo ter usado lanças e facas porque me vejo no meio de um fragor intenso, alguma coisa nos meus olhos tingindo tudo de vermelho, uma lança na mão, uma faca na outra, braços e pernas agindo como se não dependessem de mim, e no segundo seguinte tudo negro. Depois, seu rosto.

– Onde encontrei você nada havia, nem lança, nem faca; nada perto. Quem o golpeou deve ter levado tudo, inclusive o que você vestia. Se pelo menos visse suas roupas, talvez fosse possível reconhecer seu povo. Mas você estava nu, pés descalços, coberto apenas de sangue coagulado.

– Quando me lembrarei quem sou? De onde venho? Com quem devo lutar? Às vezes sinto que minha cabeça borbulha, a ponto de rebentar.

– Você ainda vai se lembrar de tudo. Por enquanto, não se agite. Fique aqui. E me prometa uma coisa.

– Tudo.

O muiraquitã que ele tem pendurado no peito é o que ela lhe deu, a pedra verde no formato de suçuarana, o animal que adotou como guerreira.

– Se as lembranças voltarem enquanto eu estiver fora, sejam elas quais forem, me espere. Não vá sem me dar uma chance de me despedir de você. Promete?

– Se te devo minha vida, como poderei partir sem me despedir? Nem sei se algum dia vou querer partir. Não tenho queixas de minha vida aqui. Quem sabe eu não era apenas um dos seus reprodutores?

Amorosa e, por isso mesmo, descobrindo o ciúme, ela ainda diz:

– Me prometa mais uma coisa. Se for eu a não voltar, não quero você com outra icamiaba.

Ele ri, e girando sobre ela, toca seu belo seio direito e o suga. Uma de suas mãos desce até seu ponto de ebulição e outra vez começam o que haviam acabado de fazer.

Bem distante dali, outra alma feminina não está nada feliz. É Uiara, que passou o dia esperando ver Uingu.
Há dias ele não vem treinar seus passos na beira do lago; ela está irritada melancólica ansiosa. Não conhece esses sentimentos que a têm inquietado tanto, mas sabe que vêm dele. Não dele, da ausência dele. Da falta que sente da beleza dele. Da falta do ar respirado por ele, ali na superfície de suas águas onde já nada existe que a agrade. Ela mergulha outra vez. Vai até o fundo, pega um peixinho que reluz dourado e o experimenta na orelha, olhando seu reflexo na luz que ilumina a água transparente, e se chateia, não está tão bonita como sempre foi e joga o peixinho longe, e pega outro, dessa vez de um vermelho reluzente, que logo joga longe também e, ao ver uma alga de ramos tão finos que parecem translúcidos reflexos da água azul, anima-se, experimenta-a, mas não, tampouco essa. Sobe à superfície, enfastiada, pousa em sua pedra que hoje não está tão suavemente deslizante como nos outros dias, olha para um lado, para o outro, vai nadando até bem perto da praia, ali onde conversou com ele da última vez, e lembra cada palavra que ele disse, e repete Povo da Chuva Povo da Chuva Povo da Chuva. Que beleza de povo deve ser esse, quem sabe tem algum lago encantado por lá onde ela possa ir, e vê-lo todo dia e conversar com ele. E se sentiria tão transbordante e feliz que mal dá para imaginar.
Mas cadê o insensato? Por que não aparece? Por que a deixa esperando assim?

E se tiver morrido?

Ah, não, não. Morrido, não. Se ele morrer, ela terá de morrer também, mas uiaras não sabem morrer. O que é morrer? Não sabe. Sabe matar, mas nunca pensou em como é morrer. É desaparecer para sempre, sim, desaparecer para sempre, mas para onde? No fundo do lago, para onde vão os que ela mata, mas se já é onde ela está?!

Uingu, Uingu!

Estou confusa, Uingu! Estou sofrendo!

Repete e repete e outra vez repete o nome dele até que, exasperada, mergulha outra vez até o fundo. Entra em sua gruta e fica lá, emburrada. Que ninguém se atreva a querer falar com ela, nem chamá-la para a superfície, porque hoje ela não está disposta a poupar ninguém.

Capítulo 14

Por entre paineiras cedros castanheiras imbuias cerejeiras jacarandás jatobás mognos angelins pau-brasil pau-rosa pau-amarelo canela sassafrás sucupiras-oitis nogueiras sapucaias umbuzeiro copaíbas aroeiras abiuranas gravatás e todos os outros tipos de tantas inumeráveis árvores, Véi, a Sol, põe sua cara pra fora e, de longe, aquece também a sumaumeira gigante, a mãe das árvores, de tronco e galhos prodigiosos. Arbustos folhas caídas brotos ao redor no chão musguento da floresta fazem seu permanente trabalho de ligar suas raízes e seiva a todas as árvores grandes médias pequenas, crescendo pujantes e formando a floresta. O forte cheiro úmido e pulsante de tão vivo se espalha pelas grandes distâncias de seu entorno.

Macu, pela primeira vez, anda mais rápido do que os dois jovens companheiros.

– Já tá perto – diz, animado. – Quase chegando.

De fato, a vegetação agora é exuberante, de um verdor que, de quando em quando, cede espaço para flores, orquídeas de cores inconcebíveis, trepadeiras rendadas de uma beleza que Maní e Dungu-í nunca tinham visto. São os dois que agora pedem para descansar um pouco e poder desfrutar a vegetação luxuriante de árvores milenares, bromélias ipês angico aroeira envira-preta envira-branca pau-marfim maçaranduba ucuuba-branca ucuuba-cheirosa jaborandi arnica sibipiruna douradas. Macu não é de desprezar nenhum descanso, mas doido pra chegar em casa como está, até que tenta:

– Ainda não estamos de todo a salvo, hein, gente! Tamo perto, mas não tão perto assim.

Maní estende para ele a mão cheia de pequenos besouros reluzindo suas cores, um de finas asas como que cobertas por película de esmalte vermelho, outro com pequenas pintas de um amarelo tão vivo que parece orvalhado, outro ainda de xadrez branco preto verde, como se tivessem sido todos pintados à mão, um a um.

– Olha que beleza! E ali tem mais. Dê só um tempinho e a gente já vai.

Macu mais uma vez tenta:

– Na aldeia tem disso tudo e muito mais bonito, minha gente, vambora!

– Espera, olha essa orquídea! Que nome terá uma cor assim? E essa borboleta, de azul tão intenso como nunca vi. Aparece e desaparece de repente, parece mágica!

Meu herói então dá de ombros, estão exigindo demais dele! Deita-se sobre a relva verde encaracolada que se estende como um colchãozinho fofo à sua espera, e ajeita um travesseirinho feito de paina, leve e perfumado como a brisa.

Quem os vê do alto é Munducu, o urubu de Naíma, que vai levar a boa nova ao amigo. Por acaso, Naíma estava naquele rumo e bem longe da aldeia, procurando encher o saco de ervas da Pisadeira. Quando Munducu pousa em seu ombro e lhe bica de leve a orelha, ele sabe que deve segui-lo. Põe a leseira de lado e vai.

Chega justo a tempo de ver Macu e os dois com ele sendo pegos outra vez, pelos mesmos caçadores de escravos que já o haviam levado antes. Do alto de uma árvore, com Munducu pousado em sua carapinha, Naíma vê o que acontece. São só dois caçadores desta vez, e um deles diz:

– Ei! A gente já não viu essas caras antes?

– Esse baixinho parece aquele que levamos, mas não pode ser – responde o outro. – Ninguém escapa das minas.

– Não mesmo! Mas que já vi cara igual a desse aí, eu vi. Devem ser parentes – debocha, enquanto coloca os três dentro da jaula. – E cada um de um povo, nunca vi assim juntos. Muito menos uma amazona sem cavalo. Se não tivesse tão esbodegado, era hoje mesmo que eu ia conhecer como é o cutucuru da mulher-cavalo. Acredita que nunca experimentei? Vou deixar pra amanhã, antes de pegar rumo.

– Eu também nunca vi de perto – diz o outro. – Nem quero. Tenho nojo.

– Cê tem é medo – diz o primeiro. – Medo de encontrar uma pata de cavalo que te dê um chute lá de dentro.

Ele gargalha, mas o outro não. É ressabiado com essas coisas. Não gosta de zombar do que não conhece, e as mulheres-cavalos são cheias de mistérios que ninguém explica. Prefere ficar longe.

O companheiro, a essas alturas, cai no sono. Há dias os dois vinham passando por uma série de problemas, desde que foram atacados por um bando de lobos esfaimados, e o que sobrou do bando, se é que sobrou mais do que os dois, se dispersou. Já estavam convencidos de que teriam de sair de mãos abanando daquele lugar, quando deram de cara com esses três: um roncando, os outros dois entretidos com as coisas da mata, nenhum prestando atenção aos perigos.

Quase nem acreditaram na sorte e reuniram as forças para dar conta deles por etapas: primeiro o homem negro, agachado, cheirando uma orquídea branca nascida no tronco de uma árvore. Nunca viram nada parecido: um marmanjo daqueles cheirando flor! Se não fosse o delicado da hora, teriam parado para rir. Mas eram dois contra um: fácil enfiar o saco velho na cabeça dele e amarrá-lo. Depois foi a vez da amazona, sentada entre um bando de bichinhos e insetos – essas mulheres-cavalos são malucas mesmo! Fortes também. Ela tentou pegar o arco e flecha que estava ao lado, mas não teve tempo. Deu mais trabalho que o homem maior e espernou como o animal que era, mas acabou presa da mesma forma. Já o outro, o baixinho dormindo, não deu trabalho nenhum.

– Banana verde não se oferece, toca no cu que amadurece – gargalhou seu companheiro, vendo o serviço pronto.

Agora, os prisioneiros na jaula, ele também ia se estender um pouco no relvado, que parecia tão confortável. Era sua vez de ficar de vigia, mas também estava exausto e não tinha intenção de fechar os olhos, só de se esticar um pouco. Esticou-se e, nem bem virou pro lado, dormiu.

Mesmo assim, vendo os dois adormecendo, a única coisa que ocorre a Naíma, medroso e covarde como sempre foi, é ir correndo avisar à Velha Pisadeira. E se tem uma coisa em que Naíma é bom, é voar pelos cipós, o que faz com inesperada velocidade e destreza; não leva muito para chegar à arvore da Pisadeira, já gritando:

– Véia, véia. Eles tão prendendo eu de novo! Socorro!

– Prendendo quem, minino?

– Eu, quer dizer, o outro, meu irmão.

– Pera lá, criatura, tu tá querendo dizer qui Macu tá sendo preso de novo?

– Tá, véia, na jaula, eu e mais dois.

– Quem disse?

– Eu vi. Munducu também.

— Assim não dá! – reclama Pisadeira, furiosa. – Outra vez! Esse minino tá ficando é relaxado ou leso!

Ela estava cozendo uma porção de ervas maceradas no casco de tartaruga onde fazia as poções, misturando baunilha caroba cunambi andiroba cambará cacaueiro guaxinguba caferana muirapuama vindecaá mururé-ferana puxuri, as ervas medicinais do dia. Não ficou nadinha feliz com o transtorno em sua ocupação tão importante.

– Mi diga mais uma coisa: quantos eles são?

– E eu lá sei contar?

– Ai, meus cuidados! A inteligência dos dois ficou mesmo com Macu. Sabe pelo menos si é muito pra longe ou mais pra perto?

– Mais pra longe.

– Pra perto do rio?

– Não, pra mais longe.

– Perto da matona, então?

– Um pouco menos.

– Nem isso tu sabe dizer direito, lerdeza?

– Sei não, véia. Como vou saber dizer, se tive que vir correndo pra cá?

– Tá bom, deixestá! Eu acho eles.

Levanta-se e pega a direção em que Naíma veio. Ele vai atrás.

– Não, não, tu fica aí cuidando do meu fogo, pamonha. I toma tento pra não pegar fogo na mata, senão ti asso num espeto.

Do bolsão cheio de traquitanas debaixo de sua manta desbotada ela tira um pente de madeira e começa a pentear os cabelos, como se não quisesse sair dali com eles desgrenhados. E de supetão seus longos cabelos brancos faíscam, se erguendo e se abrindo como um leque de eletricidade, e é quando ela sai pisando duro, e agora realmente furiosa, abrindo seu caminho pela mata, como se carregada pela eletricidade de sua cabeça.

Não demora pra chegar ao local onde está a jaula com os três cativos, e os dois caçadores de escravos estendidos na relva ao lado, ferrados no sono. Em um piscar de olhos, ela pula no peito de um, pressiona um pouco seus pés abertos, e solta; pula no peito de outro, faz a mesma pressãozinha ligeira, e solta. Só então seus cabelos faiscantes voltam a se assentar, e ela abre a jaula:

— Sai logo, Macu, i vê si num si deixa ser pego de novo qui ando por aqui com suas molecagens. Tenho coisas mais importante pra fazer, ou tu num sabe? Traga seus amigos i vamos já pra casa. Esses dois aí finaram do coração. Já devem estar acordando no mundo do lado de lá.

Sai pisando duro na frente, e os três, calados, seguem atrás.

Capítulo 15

A roda desordenada dos jovens, rapazes e moças, uns sentados, outros em pé, acabara de se formar na clareira entre as árvores, na luz dourada vermelha rosa da manhã. O mato ralo em volta é de um verde novo e vibrante, tão palpável quanto a alegria que vibra entre eles, que conversam e riem, sem pensar na guerra, sem pensar em batalhas. Pensam neles mesmos, quer dizer, um no outro, naquele ou naquela com quem vão estar mais tarde, no dono daquele rosto ou daqueles braços, na dona daqueles olhos, daquelas pernas, daquela boca dele ou dela que vão beijar daqui a pouco, talvez, ou em algum outro momento do dia.

Maní está entre eles, Dungu-í também. Estão ali entre o Primeiro Povo, talvez provisoriamente, talvez até quando possam, não importa, estão ali agora, desfrutando daquele contentamento genuíno ao sentir a potência palpitante da vida fervilhando em seus corpos e em tudo que os cerca.

As instrutoras chegam para começar o treinamento e todos se dirigem para o campo, onde Maní fica encarregada de um grupo, do qual faz parte Dungu-í. Mas ele não precisa de treino – o Povo da Chuva sabe lutar – e o que faz é mostrar suas surpreendentes técnicas de defesa. Mesmo as icamiabas ficam admiradas com os golpes de pernas que não conheciam, e ele também se transforma em instrutor.

Macu passa por ali; senta-se em um tronco caído, de onde se põe a observar os golpes de Dungu-í. Há uma leveza surpreendente no rapaz alto e forte, e tudo parece tão fácil que Macu até se anima um pouco e se aproxima, tentando pular abrindo as pernas, jogar as mãos, mas não tem leveza nem força, muito menos determinação. Fica logo entediado e deixa seu corpo se escorregar pra baixo de um tronco, onde se espreguiça e se aninha pra tirar sua soneca da manhã.

Meu herói não é lá de aprender coisas novas. Não me importo não. Ele já é muito bom no que faz.

Li é outra que também apenas observa. Bem gostaria de participar daquela agitação, mas seu treinamento é de outro tipo. Nasceu com o dom para ser iniciada pelo Mais Velho. Foi praticamente criada por ele. Às vezes, como agora, pensava que lhe coubera o quinhão menos interessante da vida na aldeia. Nunca se juntaria a um companheiro, por exemplo. Teve homem, quando jovenzinha, mas já sabendo que nenhum ficaria a seu lado; quem ia querer se juntar com a mulher que estava aprendendo a ver tudo e tudo saber? Só mesmo alguém também iniciado, mas há anos não aparecia ninguém com o dom, a não ser ela. Houve mesmo uma ansiedade inédita na aldeia quando sua mãe começou a dar sinais de que ia parir alguém assim. A lua que surgia sobre sua tenda todas as noites dos nove meses, sem faltar nenhuma; a revoada de araras vermelhas azuis verdes multicores, seguindo sua mãe por onde ela ia; as plantas verdejando por onde ela passava; os cabelos que repentinamente cresceram no primeiro dia para formar um manto e cobrir o maior de tantos sinais, a forma perfeitamente ovalada de sua barriga desde o momento em que gerou a filha.

Não havia nenhuma maneira de Li fugir de seu destino, nem se ela quisesse, e ela não queria. Como seu pensamento, no entanto, era treinado para voar mais alto do que todos os outros, ela não podia impedi-lo de às vezes voar até essas regiões do amor e por ali passar algum tempo imaginando. Isso acontece quando ela vê alguém que lhe parece mais extraordinário do que o normal. Esse alguém hoje é Dungu-í. Muito alto, sua figura se destaca mesmo perto dos companheiros de seu Povo da Chuva, que também estão entre os que treinam ou são treinados. São todos muito semelhantes entre si: a mesma cor da pele, o mesmo cabelo encaracolado e grosso, o mesmo formato de boca e nariz bem marcados, as mesmas tangas coloridas. Só com o tempo o povo da aldeia conseguiu distingui-los uns dos outros. A seus olhos, no entanto, Dungu-í, recém-chegado, não se confunde com ninguém. Se tivesse tempo, poderia ficar o dia todo ali, observando cada milímetro daquele corpanzil admirável em que nada é supérfluo, e a maneira tranquila como ele se contém dentro de si mesmo e se porta no ambiente que o cerca.

Quem, por sua vez, a observa é a Velha Pisadeira, que, ao passar pelo campo de treinamento e notar o ar embevecido de Li, tão concentrada que sequer notou suas pisadas, que só eram silenciosas na hora de matar ou curar, mas não quando caminhava por ali estalando gravetos e folhas secas e murmurando consigo mesma. Encucada ao não ser percebida por Li, Pisadeira parou um pouco, estendeu o pescoço para ver na direção que a moça olhava, quebrou mais gravetos com os pés barulhentos para chamar sua atenção, e nada.

Aí tem coisa, a velha pensou, e seguiu em frente, enfastiada com a quantidade de problemas que as pessoas são capazes de arrumar para si mesmas.

Sob o ruído da chuva forte do meio-dia, dois espiões do Rei Negro chegam para lhe contar, embora com certo atraso, que uma guerra se prepara nas terras vizinhas.

Ele é um rei solitário: sem corte, sem conselheiros, sem amigos, sem família. É um rei que não se importa com os povos vizinhos. Estão por demais distantes, não se interessam por seu apêndice de terra, talvez nem saibam desse pedaço aportado ali, e ele tampouco se interessa pelas terras do continente, mas envia seus espiões porque a precaução é sempre necessária, mesmo se sua preocupação obsessiva é com a terra de onde veio e para onde quer voltar. Vêm unicamente dele as decisões que seu povo acata. E quem não acata, foge.

Ele escuta o que seus espiões lhe contam: o exército do El Dorado se encaminha para se reunir ao exército dos Homens Sem Cor e atacar o Primeiro Povo, que as Icamiabas se encaminham para defender. Essa guerra nas terras dos outros não tem nada a ver com ele. Que se matem. Que se destruam uns aos outros. Que se acabem.

Despacha os espiões e se põe a escutar um dos homens, que veio lhe trazer a proposta da construção de um barco. Um grande barco de madeira capaz de transportá-los de volta à terra de origem. Há muito esse homem deseja lhe falar, mas o rei tem relutado em escutar. Sua crença é que, assim como vieram tendo como barco a terra onde pisavam, assim também teriam de voltar. Mas o tempo está passando e seu pedaço de terra parece ter se fixado para sempre ali; o mero roçar desse pensamento em seu coração deixa-o cheio de desesperança e ódio. Ódio ao mar que os trouxe. Ódio ao mar que não os leva de volta. Ódio ao mar que os separa, com sua liquidez perversa, moradia de correntes incontroláveis, ondas inimagináveis, seres monstruosos e imprevisíveis. Ódio à pura força bruta do mar e suas ondas que aleijam e matam. Ódio que vem do medo. O Rei Negro teme o mar. Apesar de toda a sua majestade, sua vontade férrea de guerreiro, sua obstinação de pai em voltar para seu reino.

Hoje, por fim, decide escutar o que aquele homem tem a lhe dizer, um homem extremamente magro, idade indefinida, costas arqueadas de quem passa seu tempo curvado sobre alguma coisa. Seus cabelos não são brancos, mas ostentam riscas grisalhas, e embora com certeza seja mais jovem do que o rei, parece muito mais frágil, um arbusto delgado ao lado de um tronco.

Sua proposta é de enorme ousadia: construir um barco maior do que qualquer um jamais visto, que se aliaria aos ventos e deixaria que os ventos o empurrassem. Apresenta os detalhes de todos os seus exaustivos estudos, o motivo da corcova formada em suas costas, sobre a possível travessia, e como devem fazer: a madeira que devem procurar, o leme que devem usar, os fios com os quais devem tecer o manto para colher o vento, fazendo-o levar o barco para onde querem ir. Talvez seja um plano temerário, mas, pela primeira vez desde que chegaram, o rei sente no sonho daquele homem uma comichão de esperança. É como o arranhar do princípio de algo que pode ser um arrebatamento, que pode ser um novo entusiasmo por começar a acreditar que algo pode ser feito que não seja apenas a desumana espera.

O Rei Negro levanta-se e abraça o homem e sua proposta. Quase tritura seus ossos frágeis. Há um faiscar de lágrimas nos olhos dos dois. Hoje mesmo, agora mesmo, nesse mesmo exato instante, começam a construção do barco que os levará de volta, ou os afundará para sempre no tremendo mar.

Na Tenda dos Reprodutores, um deles se inquieta, um mercenário de cabelos, sobrancelhas e cílios brancos, olhos amarelados, grandes cicatrizes no rosto e no tórax. Homem da guerra, sente o cheiro dos preparativos na fogosidade e ardor das amazonas que o visitam. Pergunta à que está com ele esta noite, e que o montou como quem monta um cavalo em batalha, quando partiriam, e ela respondeu, amanhã.

Amanhã.

Amanhã, então, ele também partirá. Já se deixou ficar demasiado tempo, embalado pelas fortes mãos femininas que o prenderam ali. Sente falta do arrebatamento dos combates em seu suor e sangue, da suspensão do som do ar do mundo à sua volta no momento em que ou vai matar ou ser morto. Não importa com quem lutará; não importa se tiver de enfrentar outra vez as amazonas, aquelas mesmas mulheres que o exauriram. Mulher é bom, mas tem mulher em outros lugares. O pensamento de ficar muito tempo por ali nunca lhe passara pela cabeça, mas foi se deixando levar. Chegara ferido, e suas cicatrizes agora estão fechadas, basta! Hora de se juntar aos companheiros, a quem terá muito o que contar sobre as tão faladas bucetas dentadas das mulheres-cavalos. Se pudesse levar uma! Se pudesse arrancar uma daquelas vaginas para provar o que estaria contando! Mas ali os hóspedes não têm acesso a nenhuma arma, nenhum instrumento cortante. Quando elas os levam embora e os deixam em algum lugar, aí sim lhes dão armas para que possam se defender. Mas só então. A menos que uma das icamiabas se esqueça de deixar suas armas ao entrar. Já aconteceu uma vez. Se tiver sorte, acontece outra.

Recorda a humilhação que sentiu na primeira vez que o montaram. Tiveram de forçá-lo, dado o pavor que tinha de perder seu membro mordido ou envenenado pelo buraco peludo, tido como toca de bichos, antro de feitiços, gruta de males desconhecidos. Tudo falação: no meio das pernas, elas são como qualquer mulher, pode até ser que mais fundas, naquele afã de procriação. Mas já chega de mulher de um seio só! Chega de mulher mutilada! Chega dessa trepação a toda hora.

Amanhã partirá. Falará com os dois mercenários que chegaram com ele. Melhor não se aventurar sozinho na longa viagem até sua terra. Também eles estarão cansados daquelas malditas que só querem montar e não serem montadas. Deve ser por isso que não pegam tanto filhos como querem. Aquela mesma, que acabara de o deixar esvaziado na cama, tinha passado por lá várias vezes, e nada de crescer barriga. Chega! Com ou sem companheiros, amanhã ele retoma seu rumo.

Lá tem faltado aos treinamentos das icamiabas. Não é obrigatório, e ninguém se importa, a não ser Li, que sabe do perigo que anda rondando o irmão. Um tipo de perigo do qual só ele mesmo será capaz de se defender. Não é assunto para os ouvidos do Mais Velho. Nem mesmo para os ouvidos do pai tuxaua. Não há nada que eles possam fazer pelo jovem; nem Pisadeira pode. Não há poção que cure obsessão de amores. E a uma irmã como ela só resta tentar convencê-lo da inutilidade de tudo aquilo, da impossibilidade de Uiara corresponder à sua paixão. Mas ele não aceita, não acredita que algo de ruim possa vir da perfeição do amor que lhe dedica. Mal saído da puberdade, Lá se deixou enfeitiçar pela ilusão de um desejo que pode tudo e vence qualquer obstáculo. Confunde desejo com magia: se o desejo é forte o bastante, a magia acontece.

A saída que Li vê é apelar para o sentimento de gratidão que Uiara tem em relação a seu povo. É o que está fazendo agora, à beira do Lago Azul. Uiara está experimentando como brincos alguns brotos e flores do verde verdolengo das franjas caindo do topo das árvores debruçadas sobre sua pedra.

— Bem sei que é meu irmão que a assedia, mas poupe-o, Uiara, como sempre poupou os nossos.

— Não sempre. Já houve exceções. É muito difícil poupar quem não me deixa em paz! — Não gostando dos brotinhos, joga-os fora e pega a flor cor-de-rosa miúda de outra trepadeira ao alcance de sua mão.

— Faça um esforço, eu lhe peço.

— E não é o que vivo fazendo? Me esforço tanto que tenho até receio de colapsar. Não tenho natureza de santa, todo mundo sabe disso, e você é que tem de me ajudar, dando um jeito nesse menino. Não posso aguentar por muito tempo sendo obrigada, toda hora, a deixar minha pedra e ir para o fundo, para escapar da tentação de levá-lo comigo. Eu é que lhe peço, por favor, afaste esse menino daqui. Ele e os amigos todos dele. Estão me deixando exasperada! Estou por uma gota! Por favor, pode pegar aquela orquideazinha branca daquele buriti? Não alcanço até lá e estou louca para experimentá-la no cabelo.

— Claro. — Li vai até lá e, com muita suavidade, tira a pequena orquídea de seu acolchoado de folhas e ramos. — Eu só lhe peço mais um tempinho para que o menino consiga se interessar por outra coisa.

— Não tem mulher bonita na sua aldeia? Fora você, desculpe?

— Tem, tem. Tem muitas mulheres bonitas por lá. Logo ele vai se interessar por uma da idade dele, é só ter um pouquinho de paciência e dar tempo ao tempo. Gostou da orquídea? Ficou linda em seu cabelo.

– Você achou? Não sei. Ela não prende direito.

– Deixa que eu arrumo pra você. – Li prende a orquídea branca nos longos cabelos negros de Uiara. – Pronto. Perfeito.

– Obrigada.

– Ele é muito novo. É só ter paciência que as coisas logo se arranjam.

– Ah, paciência! Odeio paciência! Não sou mulher de paciência. Na verdade, nem sei o que é paciência.

– Por favor, querida.

– Vou tentar, mas não posso jurar, viu? Não posso jurar.

– Entendo. E agradeço. Quer me aproveitar aqui para pegar outras flores para você?

– Quero. Aquela ali, está vendo, cheia de pontinhos pretos? Amarelinha?

Depois que Li toma a trilha de volta à aldeia, Uiara continua em suas pedras, cheia de flores no cabelo, brancas amarelas pintadinhas roxas vermelhas azuis, na esperança de ver Uingu. Há dias ele não aparece, ah, paciência! Paciência! É muita paciência para quem nem sabe o que é isso! Talvez seja por essa maldita guerra de que todos falam. Esses preparativos todos, essa mudança na ordem natural das coisas. Deve ser por isso. Mas ai dessa guerra, se acontecer algo de ruim com ele! Ai, ai ai, ai!

Capítulo 16

As barcaças dos Homens Sem Cor são tão numerosas que se estendem até onde não dá mais para ver, mesmo do topo da árvore mais alta. Estão em seu caminho rio acima, rumo à Terra do Primeiro Povo. Coalham a superfície das águas como enormes plantas aquáticas artificiais, brotadas por artes de algum poder. A bem dizer, elas são esse poder, as incontáveis barcaças.

Os mercenários rudes destemidos vivendo como gostam de viver vão fazendo arruaça e alarido pelo grande rio que acreditam dominar, e nada temem. Sentem-se em completa segurança nas barcaças, empurradas por longas varas, que os levam para onde querem ir. Mal se aguentam na expectativa da ebulição das batalhas. Serão meio suicidas? Devem ser. Mesmo com toda a arrogância de que são portadores, sabem que muitos vão morrer, e talvez queiram estar entre eles.

Muitos dias serão necessários até seu destino. O combinado é esperarem, na Curva do Pantanal, pela chegada de parte dos companheiros que vão por terra. Atacarão em conjunto, por água e por terra, criando uma clara desvantagem para as amazonas, cuja mobilidade pelo rio é zero. Pretendem explorar ao máximo essa fraqueza famosa de suas inimigas: o fato de só combaterem montadas em seus cavalos. Delas debocham sem parar. Parecem obcecados pelas histórias de suas vaginas dentadas, cheias de insetos bichos cobras patas de cavalo. Um deles diz que, na hora de montar em uma delas, bem gostaria de ter o membro de uma paca das grandes; o membro da paca macho tem uma ponta afiada que sangra a fêmea no coito. Queria que o seu tivesse uma ponta assim para sangrar cada uma das amazonas que tombasse na guerra.

– Eu é que não preciso disso – gargalha outro. – Sangro com a faca mesmo.

Vão completamente alheios aos olhos enormes que os seguem desde o fundo do fundo do rio. Os olhos flamejantes da majestosa Mbaê-Tatá, que acompanha aquele movimento em suas águas e que, agora, lenta lentamente, levanta o gigantesco e escamoso rabo e suga de uma vez três barcaças da última fileira. Suga, espreme e deixa os homens se contorcerem sob seu volumoso corpo, no fundo do fundo do rio. Sente um pouco de cócegas e também se agita um pouquinho, o que só faz esprimê-los ainda mais; em pouco tempo, eles se aquietam sem ar. Ela solta os corpos para que boiem.

Os assustados mercenários da penúltima fileira, os únicos que viram as três barcaças sendo sugadas no redemoinho repentino das águas lisas, causado não sabem como nem por quem, ainda perplexos veem os primeiros corpos subirem à superfície. Gritam, tocam o berrante de chifre para os que vão à frente, anunciando o desastre nas águas que, exceto pela súbita bolha formada quando as barcaças foram sugadas, continuam perfeitamente sossegadas, contagiando com sua serenidade os corpos que sobem com um pequeno glup! à superfície, e ali se estendem, plácidos. Ninguém tem a menor ideia do que pode ter acontecido. De barcaça em barcaça, as mensagens são passadas com gritos possantes dos que são peritos nisso, até chegar ao comandante, na linha da frente. Quando recebe a informação, sua ordem é para que se afastem o mais rápido do local. Como seus homens, ele também acredita que devem ter perturbado algum espírito do rio, e o melhor que podem fazer é seguir em frente.

Mbaê-Tatá deixa que sigam. Seus maiores planos são para mais tarde.

Bem distante dali, na esbranquiçada amplidão aérea, as asas douradas de Aiá parecem fragmentos dos raios solares. Satisfeita em seu elemento, a ave se afasta do grupo que, lá embaixo, caminha sem rumo. As zebras na frente, uma delas montada pelo Curupira, que, por mais taciturno que seja, tem no rosto uma fissura de puro contentamento por cavalgar pela primeira vez um animal assim. O que aconteceu só depois de vários dias de aproximação e camaradagem, quando, por fim, as zebras consentiram.

Saci, por sua vez, vai montado em outra mais atrás, na garupa de Inanda. Aproveita para ir contando a ela tudo o que sabe do que havia por ali. Sabe muito o Saci, é verdade, mas não o caminho da terra do Primeiro Povo, para onde seus novos amigos querem ir. Curupira tampouco sabe, mas tem certeza de que, pondo seu nariz pra trabalhar, acabaria chegando à terra onde nunca fora, mas de que ouvira tanto falar. Daria algumas voltas, talvez, mas chegaria. Por isso, ia à frente.

Curupira depois se perguntaria, sem atinar com respostas, por que não sentira o cheiro úmido e forte de suor, sujeira e couro curtido daquele grupo de desconhecidos que chegou até eles. Mas o fato é que só sentiu quando já estava praticamente na frente deles. Tanto sua zebra, que ia na frente, quanto o grupo, logo atrás.

Na verdade, o susto de todos foi recíproco. Nem o Saci nem Curupira muito menos os outros da Terra da Chuva sabiam quem eram aqueles homens e mulheres que, por sua vez, sim sabiam quem eram o Curupira, o Saci e os homens e mulheres de pele escura, mas nunca tinham visto cavalos brancos rajados de preto, nem aquela gigantesca ave dourada que despencou do céu pronta a atacar o primeiro que saísse do atordoamento coletivo.

Saci foi esse primeiro. Entendeu que o atordoamento dos desconhecidos, como o deles mesmos, não significava mais do que uma clara pergunta: Quem são vocês?

O que, saltando imediatamente da garupa de Inanda, ele passou a explicar:

– Amigos, hein? Somos amigos, viu? Todos, todos. – Apontou. – Eu-ele-ela-ele-ele-ela, e esses cavalinhos diferentes, que são zebrinhas bonitas, não são? Ela também, essa ave douradona, que é desconfiada, mas no fundo boazinha, viu? Curu, também, claro, o mais amiguinho de todos, hein? Hein? Todos todos muito amigos, amigos mesmo, de coração em paz. E os senhores?

Os desconhecidos, então, foram se aproximando, querendo tocar as zebras e Aiá, que voou ressabiada para um pequizeiro que, embora fosse a árvore mais alta dali, não era nada alta. A vegetação em volta tinha mudado aos poucos, sem que eles se dessem conta. Eram árvores amarronzadas de casca grossa e folhas de um verde seco, no chão de terra vermelha crestada, secura por todo lado.

– Se vocês são amigos, nós somos amigos também, minha gente! Podem descer e descansar as pernas. Se estiverem com sede, tem água, e se estiverem com fome, tem comida. É só se achegar.

Sedento e faminto, o grupo da Terra da Chuva se achegou. Comeram carne seca e rapadura, beberam água e um pouco de uma bebida que era um fogo líquido e transparente descendo e queimando, e que só o Saci admirou. Acabaram passando um bom tempo ali, jogando conversa fora com esses homens e mulheres vestidos de couro, cheios de penduricalhos coloridos, reluzindo como joias.

Eles, sim, sabiam qual era o rumo certo para a terra do Primeiro Povo, e sabiam também dos boatos da grande guerra que se preparava. Deram notícias dos caminhos que o exército do El Dorado e o dos mercenários estavam seguindo para se juntar no Vale do Tamanduá. Sabiam que um terceiro destacamento estava se aproximando pelo rio.

– E vocês, pra onde vão? – Campá perguntou.

– Pra lugar nenhum. Por aqui mesmo. Por onde tiver de ser.

– Sem rumo?

– Pra nosso bando, carece ter rumo não.

– Nunca vimos ninguém como vocês – disse Kanta.

– Arre, égua! É o que todo mundo diz da gente. Mas o vice-versa também é verdadeiro. Nunca vimos ninguém como vocês, nem bichos com essas caras.

Inanda, dona da mais macia das vozes, contou-lhes, então, a história do Povo da Chuva, o que fez uma das mulheres de couro estremecer:

– Viver longe de nossa própria terra, isso é que é sofrimento de ninguém aguentar.

– Para os mais velhos, sim. Para nós, não. Nós nascemos aqui. Fomos criados aqui. Não somos de lá. Nossa terra é esta. Esta é a terra que conhecemos. É a terra que amamos. Mas nosso rei não aceita essa verdade. Foi preciso fugir. Deixando para trás nossos pais e irmãos.

Uma das mulheres, das mais enfeitadas com suas joias e seu vestido de couro, começara a chorar e assoar o nariz:

– De partir o coração. Eu morria se tivesse de viver longe do meu povo – disse, abarcando com os olhos seu grupo, que olharam de volta para ela.

– E pois num é! – O homem que afiava um facão ao lado dela se achegou ainda mais e lhe deu um abraço de estalar costelas.

Quando se despediram, esse mesmo afiador de facão e estalador de costelas perguntou se seria possível que lhe deixassem de lembrança uma pena dourada de Aiá. Se a ave, por gentileza, concordasse com esse presente, ele seria capaz de tirar uma de suas penas sem lhe provocar nenhuma dor, nem mesmo cócegas.

Sentindo que era dela que estavam falando, Aiá demonstrou seu desgosto, batendo os pés no galho mais alto do pequizeiro, que pouco tinha de alto. Mas Campá, que a criara desde filhote, quando seu ninho e sua família foram esmagados por uma sucuri, tinha seu jeito com ela; fez um gesto para que descesse e chegasse perto, e enquanto alisava sua linda cabeça amarela, fez sinal ao novo amigo, que, se aproximando lentamente e já mirando uma das penas que tanto gostaria de ter, tirou-a com tal delicadeza que, como havia prometido, Aiá nada sentiu. Quase com o mesmo e único gesto, prendeu-a ao chapéu de couro que levava na cabeça achatada. A ave agitou-se um pouco ao ver pena tão parecida com as suas surgir no esquisito chapéu do novo amigo dos seus amigos, mas nada pensou nem poderia pensar sobre isso, mesmo se quisesse. Aves usam com grande eficiência seus sentidos e instintos, mas pensar mesmo, como é sabido, nenhuma delas, nem mesmo a grandiosa e sensível Aiá, consegue.

Bem mais e mais distante dali, entre as copas emaranhadas das árvores, Mazon e o padrinho acompanham o exército dos Homens Sem Cor. Tinha sido ideia de Mazon segui-los até o encontro com o exército do El Dorado, e Curupira não era de dar palpite nesse tipo de coisa. Seu papel é proteger, não dar direções nem dizer o que o afilhado deveria fazer.

Ainda que sua mãe tivesse lhe dito que achava pouco provável que o pai tivesse voltado para seu povo, Mazon cultiva a esperança de que talvez possa encontrá-lo ou saber de seu paradeiro entre os homens do El Dorado. Não tem ideia de como fará para reconhecê-lo, muito menos para se apresentar, mas não perde tempo pensando em coisas que não pode resolver. Não deixar a cabeça se encher de problemas que ainda não se apresentaram era um dos lemas que aprendera da mãe. Cada momento tem seu jeito de apresentar o que pode ser resolvido na hora, e por isso fica muito mais fácil encarar os problemas quando eles se apresentam. Como esse de agora. O que comer, com sua fome aumentando?

Curupira come quando ele come, mas nunca sente fome. Come por prazer e não por necessidade. Bem que gostaria de ser assim, mas não é.

– Padrinho – diz. – Vamos caçar alguma coisa?

– Tem carne na fogueira.

– A grande dos mercenários?

– Tem outra?

– Mas não é perigoso furtar comida deles?

Sem responder, Curupira desce da árvore onde estão e desaparece. Um tempinho depois, está de volta com um pedaço suculento de porco-do-mato mal assado na mão. Dá todo o pedaço para o afilhado, que só depois das primeiras mordidas famintas repara que o padrinho ficou sem nada.

– Quer um pouquinho? – Estende o pedaço.

– Só este. – E mostra um osso cuja brancura se escondia por baixo de sangue e fiapos de carne ainda crua e sangrenta.

Mazon, que nunca tinha visto o padrinho comer osso, baixa os olhos satisfeitos por saber que a carne que tem na mão é só sua, e a devora em algumas bocadas. Ainda comeria outro tanto, mas é melhor se contentar com o que foi bom. Limpa a boca com o dorso da mão e desce pra beber água na beira do rio, e é quando, entre as moitas ribeirinhas onde está, escuta um chapinhar nas águas mais abaixo. Pensa que pode ser o deslizamento de um barranco, mas o que vê é um grupo de mercenários se refrescando no calor intenso daquele final de tarde. Escuta também o riscar de alguma coisa no ar, caindo no meio do grupo de homões pelados se divertindo. Pláft! A coisa afunda, e não imediatamente, mas quase, o chapinhar transforma-se em susto e corridas e gritos de maldição, Piranhas! São cardumes imensos de piranhas vermelhas, as piores que há: sanguinárias ferocíssimas carnívoras; a água, no local de onde os mercenários tentam sair, apavorados, começa a se tingir, ela também, de vermelho.

Alguns conseguem escapar, outros, não.

Mazon corre esbaforido para contar ao padrinho o que acabara de acontecer e o encontra tranquilo, no mesmo lugar, mas sem o osso ensanguentado na mão. Compreende o que foi que viu cair na água. De qualquer forma, se espanta.

– Por que você atiçou as piranhas, padrinho?

– Pra ajudar.

– Ajudar quem?

– O Primeiro Povo, quem mais?
– Antes você não tinha feito nada.
– Agora fiz.
– Por que agora?
– Deu vontade.
– Você sabia que eles tinham alguma ferida?
– Todos que entram na mata sem respeito têm.

Mazon se entusiasma:

– E se tem piranhas aqui, vai ter por outros lugares. E quanto mais homens forem ficando pelo caminho, melhor.

Curupira não ri, mas parece que ri.

He he.

Capítulo 17

As janelas estreitas do palácio são os lugares de onde Zigalora olha o horizonte sem fim do deserto. Muitas vezes é a única visão que a acalma um pouco: o esplendor de seus domínios dourados reluzindo ao sol.

Desde a partida do pai com seu exército, Zigalora sente um tédio sem tamanho. Sente também o familiar ódio sem tamanho quando pensa que o irmão está ao lado dele. Terá oportunidades de se exibir, mostrar o quanto é capaz na guerra. O irmão é um guerreiro excessivamente cruel, mas competente, ela não duvida disso. Um dia será ele o novo Senhor. Ele, não ela. Ele, a quem ensinaram as artes masculinas da guerra, e não ela, a quem ensinaram as artes femininas do casamento e da maternidade. Ele, que agora não tem ninguém se contrapondo a suas tentativas de influenciar o pai, enquanto ela permanece ali, entediada, impotente, à espera. Tendo de suportar a mãe saudosa do primogênito, seu indiscutível predileto. A mãe, que não permite sequer um balbucio contra esse filho que trata como se fosse o único a merecer sua atenção. Zigalora odeia os dois. Mais. Zigalora é feita desse ódio. Vive para envenenar a mãe e o irmão com o pai, e disso agora está privada. Privada de aplicar seu plano para fazer com que um dia os dois, mãe e filho, sejam expulsos do Palácio.

Enquanto o pai e o irmão estiverem longe, nessa maldita guerra que também ela acha sem sentido, também acha que o pai deixou-se cegar pela obsessão de conquistar um povo sem importância nem riquezas, também acha que a situação do reino está mal, que o pai está perdendo a perspectiva de grande senhor, está talvez realmente envelhecendo, também acha que tudo aquilo é um erro, mas enquanto eles estiverem tão longe, e ela deixada ali, não tem absolutamente nada que possa fazer. Não tem onde aplicar sua capacidade de intrigas para levar à ruína a mãe e o irmão para que possa ela mesma, deixando o pai ao seu lado como o mais sábio dos conselheiros, ela, a filha mulher, Zigalora, a Única, reinar.

Eis que um leve ruído a faz voltar-se. Não sentira o perfume que a caracterizava, mas é sua mãe que está parada um pouco atrás.

– O que faz aqui? – pergunta, irritada, afastando-se da janela.

– O mesmo que você. Pensando em seu pai e seu irmão.

– Eu não estava pensando neles.

– Errei, então.

– O que não é novidade, a senhora erra sempre. Desde que nasci só a vejo errando.

– Talvez sim. E talvez o maior dos meus erros esteja na minha frente.

Zigalora tem vontade de erguer a mão e dar uma bofetada na cara da mãe, que ainda tem o poder de irritá-la tanto. Não é capaz. Não tem a suficiente força de espírito para enfrentar aquela criatura feroz e majestosa, e se sente mais uma vez humilhada. Sua força ainda não se compara à da mãe, e por isso a odeia ainda mais. Naquele embate de vontades e rancores, a filha ainda é a mais fraca, e sua única saída é recuar, fermentando o que um dia será a força necessária para deixar sair aquele tapa, e mais, muito mais do que um tapa. A mãe não perde por esperar.

Puxa a bainha da saia escura e sai dali.

Desce até o grande pátio interno e lá entra por uma pequena porta oculta sob a sombra de uma escada. Tem ares de um pequeno depósito, mas dentro tem outra escada, íngreme, estreita e escura, que leva ao subsolo labiríntico, com vários cubículos e passagens para outros espaços. Zigalora se enfia por uma dessas passagens e chega a um pequeno quarto escuro sem janelas e sequer uma vela, mobiliado com uma cama, uma mesa e duas cadeiras. Em uma das cadeiras, senta-se a Cega. Impossível saber sua idade: se quase criança ou velhíssima, a pele um pergaminho branco que nada revela, e os longos cabelos lisos presos toscamente em um cordão, escuros como o breu. Seus braços e mãos tão finos parecem galhos brotando de uma pequena e também fina árvore. Seus olhos, duas sementes redondas e branquíssimas, e ela os fixa direto na jovem, que procurou não fazer nenhum som ao chegar e em silêncio se sentou na cadeira à sua frente.

– Não sou remédio para seu tédio – diz a voz aguda e pausada. – Não devia ter vindo.

– Perdão, não é tédio. É angústia. Como ele está?

A vidente demora a responder

– Você sabe.

– Não estou certa.

– Você nunca erra.

– É só escuridão. E o vermelho da fúria.

– Vermelho sangue?

– Fúria. Fúria. FÚRIA. – A cega quase grita, como se possuída também.

– E ela, a Senhora? – pergunta Zigalora, apaziguadora. – Vem dela a fonte da minha angústia.

– Não vejo nada. Não quero ver nada sobre ela.

– E o filho dela?
– Já falei o que vi.
– Sim, as águas. Você falou. Mas a invasão será por terra.
– Não será. – E ela agita os braços como se sugada, repetindo sem parar: – Água água água água água redemoinhos de água, muita água.
– Não consigo entender.
– Não conseguirá.

Dito isso, a Cega cruza as mãos sobre o peito e se cala, sinal de que não falará mais.

Zigalora levanta-se em silêncio, como veio, mas quase corre ao subir a escada estreita. Talvez esse submundo seja o único lugar que tem cheiro em El Dorado, e um cheiro que é fedor. A secura de deserto não chega completamente ali, tampouco o perfume espalhado por todo o palácio. Quando desce até lá, Zigalora tem ânsias de vômito e, agora, ao chegar à porta, engasgada pela corrida, engole o asco ácido que sobe até quase chegar à boca. Não dará mostras de fraqueza frente aos dois guardas que a veem cambalear, sem decidir se devem ou não se aproximar para ver se ela precisa de ajuda. Ergue-se e, ereta, caminha em direção aos seus aposentos.

Passa pela fila de meninos magricelas, precocemente envelhecidos pelo sol fome trabalho, carregando baldes de água. São filhos dos servidores e têm direito a buscar todo dia um balde de água limpa na fonte cristalina do pátio. Um deles, um desavisado, se detém para olhar a moça, que, pela primeira vez, pode ver de perto, passando ao seu lado. Zigalora percebe o olhar fixo nela. Com um gesto brusco, aproxima-se do menino e lhe dá um safanão, derrubando seu balde. Assustado, ele se agacha para tentar salvar o que poderia restar de água no fundo, e ela acerta seu flanco com a ponta do sapato.

– Estão proibidos de olhar para mim.

Os outros meninos fingem não ver o que está acontecendo. Mas Zigalora, vendo a água tremeluzir na borda dos baldes, pensa imediatamente nas águas que a Cega viu e sai dali como se fugisse, trespassada de repente pela sensação de algo tremendo e iminente.

Capítulo 18

A mata virgem acolhe o exército das Icamiabas, que avança em ritmo lento, sem afobação. Nunca passaram por ali e abrem o caminho com respeito. Já recuperaram o tempo na marcha, embora tenham sido atrasadas na saída.

Pouquíssimas sabem o que provocou o atraso, a comoção na Tenda dos Reprodutores ao descobrirem a fuga de três dos Sem Cor. Não pela fuga exatamente, porque os hóspedes eram homens livres, podiam decidir ir embora, sem avisar, quando quisessem, mas isso raramente acontecia, e quando acontecia não provocava nada mais que a pequena mágoa de quem via sua hospitalidade e as regras de sua casa desrespeitadas. O que provocou o choque e a tristeza da Grande Mãe e suas comandantes foi ver uma das suas filhas jogada morta no chão, um grotesco buraco de sangue vísceras excrementos entre as pernas, no local onde antes estava a vagina, agora brutalmente arrancada.

A todo momento, guerreiras veem inúmeras mortes e ferimentos de todo tipo, mas nunca nada parecido. Aqui, de onde estou, me encolhi, miúda, miúda, não querendo ver. E Véi, a Sol, que mal despontara, recusou-se a iluminar tamanha violação; retirou-se, indignada, com todo o seu arbítrio. Na escuridão que restou no mundo, iluminada apenas pelas tochas das guardiãs, as icamiabas lavaram o corpo da irmã, estenderam-na num manto de relva e sobre ela depositaram flores flores flores das matas próximas, até cobri-la inteira, para afastar o cheiro da morte.

Só então Véi, a Sol, voltou. E voltou vingativa como nunca fora, focando seus raios sobre os três criminosos em fuga, não muito distante dali, escaldando-os no próprio suor e deixando-os aos poucos transformados em grotescos esqueletos desidratados, envolvidos pelas peles crestadas. Para isso pelo menos serve a quantidade de água que os humanos trazem em seus corpos.

Ao lado dos cadáveres crestados, a bolsa de couro ensanguentada parecia ainda pulsar com a vulva peluda de uma icamiaba.

Enquanto Véi não voltou, a Grande Mãe e seu exército não arredaram pé dali.

Um dos Sem-Dedos disse, aos prantos:

– Mau sinal para o início da jornada para uma batalha.

– Cale-se! – ergueu-se a voz embargada da Grande Mãe. – Pelo contrário. É uma comprovação da justiça de nossa guerra. – Virou-se para dar sua ordem: – Matem todos os Homens Sem Cor que restam na Tenda dos Reprodutores. Que eles sejam tirados daqui e mortos da mesma forma, arrancados seus membros torpes. Nenhum mercenário será jamais trazido outra vez para cá. Esse tipo de homem não merece deixar descendentes.

Quando o mundo, então, serenou, a marcha foi recuperada e o exército das Icamiabas avançou, como o dia teve de avançar.

A estratégia que seguirão está definida: farão uma cunha na entrada da Terra do Primeiro Povo e lá ficarão na espera, envolvidas pelas árvores galhos cipós e trevas da mata. Estarão com os corpos e cabelos tingidos de verde, montadas em seus cavalos também tingidos de verdes: na densidade fechada dos troncos galhos folhas gravetos cipós, tornam-se quase invisíveis. Estão muito à frente dos exércitos inimigos, que sequer se juntaram ainda no Vale dos Tamanduás. Suas espiãs acompanham, por terra e pelas margens do grande rio, o avançar dos mercenários e dos soldados do El Dorado. Trazem as notícias do que vai lhes acontecendo pelo caminho: a diminuição paulatina das barcaças nas águas e dos homens por terra. Seus inimigos enfrentarão muitas outras perdas e desgastes antes de chegarem onde elas, descansadas e com força total, estarão à espera.

A Grande Mãe e suas comandantes espalham-se por entre seu exército. Não têm pressa, e a lentidão necessária para avançar na inexistente trilha é bem-vinda nesse momento, enquanto desfrutam dessa mata que a maioria das jovens não conhece: os cheiros, os tipos de árvores e cipós, as flores e os riachos, as novidades. Passam por nascentes de rios arroios cachoeiras igapós lagunas. Passam por morros morretes pequenas serras. Comem frutos da mata e caçam pequenos animais, na medida de suas necessidades. Alimentam-se do que a natureza lhes oferta, e nada desperdiçam.

Mais à frente, as batedoras vieram avisar que tem uma clareira onde uma parte pernoitará. Outra parte – a clareira não dá nem para a metade delas – seguirá em frente até outra clareira, e assim sucessivamente. Não estão em perigo, e vão tranquilas, descansadas, parando onde podem parar. Por enquanto, não estão pintadas de verde; gostam de se banhar nos igarapés do caminho. Quando chegarem ao destino, a disciplina será outra, mas agora o único que se exige delas é que avancem continuamente e não fiquem para trás.

Se algum grupo se detém para descansar ou para examinar com mais demora algo que atiçou a curiosidade, ou para se refrescar em uma queda d'água, ou para experimentar alguma fruta diferente, recuperam o tempo depois, avançando em ritmo mais rápido, para estar com seu destacamento ao cair da noite, quando as comandantes passam com as ordens do dia e informações trazidas pelas espiãs.

Quem vê exército assim descontraído pode pensar que estão ali em divertido reconhecimento, e não a caminho de uma guerra.

Clima muito diferente é o que paira sobre os homens do El Dorado, que avançam em outro ritmo, com muita tensão, cautela e disciplina. Estão a caminho do Vale dos Tamanduás e tudo para eles é perigoso. Não conhecem a região inóspita e nada pelo caminho lhes interessa, a não ser chegar. A tática é estar lá antes dos Homens Sem Cor, para deixar mais uma vez absolutamente claro quem convocou quem, e de quem é a voz do comando.

Mas ninguém ali está bem. As tropas estão nervosas, o moral cai a cada dia. Os homens do comando estão inquietos, impacientes, surpreendentemente inaptos. A começar pelo Senhor e por Dezengor. De maneiras incompreensíveis, vêm perdendo homens desde que saíram de seu deserto de pedra. Poucos de cada vez, mas as lacunas nas fileiras já começam a ficar visíveis.

Desde o sucedido logo nos primeiros dias.

Um bando de jaguatiricas, as ferozes jaguatiricas amarelas de grandes pintas pretas garras dentes experimentados em dilacerar carne, atacaram de modo repentino, surgidas ninguém viu de onde, inutilizando de uma vez vários homens da retaguarda. Assim como chegaram, sumiram, deixando os homens de tal maneira feridos que foi preciso matá-los ali mesmo, já que seria inviável carregá-los. Alguns quiseram destacar um grupo para retroceder com eles, mas Dezengor não esperou pela discussão: se adiantou e deu o golpe fatal nos feridos, um por um. Ninguém reagiu, mas o clima começou a se deteriorar.

    A partir daí, barrancos deslizavam, levando vários deles; espinhos feriam, provocando infecções e gangrenas; picadas de insetos sequer percebidos tornavam-se mortais: incontáveis mortos vão ficando ao longo do amaldiçoado caminho.

    Nesses dias, o Senhor tem observado o filho, que, por sua vez, tem observado o pai. O conflito latente entre eles vai se alargando como um fosso cavado pela tensão do cotidiano brutal da jornada. Dezengor não suporta as ordens do pai, que, por sua vez, não tolera a indisciplina do filho. O mais jovem, com seus modos e atitudes, é o grande questionador da experiência do mais velho, que, por sua vez, vê a ambição do jovem como ameaça, que ele errou, ao não cortar pela raiz muito tempo atrás. O filho, agora não mais imberbe, tem seus seguidores, não pode escorraçá-lo com um pé, como fazia antes. É o segundo do seu exército, e o pai amaldiçoa-se por não ter percebido o caminho que o mais jovem estava seguindo. Passou demasiado tempo sem prestar nenhuma atenção a ele, entregue aos cuidados da mãe. E foi como se o filho, um dia, surgisse do vazio à sua frente e lhe dissesse, "Eis-me seu herdeiro, e quero meu lugar".

    De onde viera aquele rapaz, excelente nas armas, inclemente como o deserto, ambicioso como ele próprio fora um dia?

    Errara ao aceitá-lo no exército e ao admiti-lo como seu segundo, seguindo a tradição. Nutrira uma jararaca e agora seu exército se via ameaçado de se dividir em duas partes cujas arestas jamais permitiriam a união outra vez. A sua, evidentemente, era a parte maior e mais preparada. Mesmo assim. Quando a guerra com o Primeiro Povo terminasse, teria outra guerra em casa, e então acertaria contas com o filho. Por enquanto, havia de manter seus homens unidos, fosse como fosse.

No acampamento dos Homens Sem Cor que seguem por terra, a situação é semelhante.

A noite cai com a suavidade das boas noites tropicais, mas ninguém, exceto os que dormem o sono da droga, está tranquilo. Eles também vêm perdendo homens na jornada, já não por ação das piranhas, que ninguém mais se habilita a se refrescar nos rios, mas por ação dos mais variados tipos de animais que aparecem do nada, atacando a retaguarda, que passou a ser a posição mais temida por eles. Até a manhã em que uma invisível rede de aranhas venenosas, pegajosas como se o próprio ar tivesse adquirido diabólica consistência, pegou o grupo da vanguarda. Ninguém sabe explicar como não viram a trama de branca transparência à frente. Confundiram com a neblina da manhãzinha, disseram uns. Os raios falsamente fracos do sol se levantando pegaram a turma desprevenida na curva, cegando-os por um segundo, explicaram outros. Mais de trinta morreram da morte horrorosa, enrolados na teia e envenenados pelas pequenas aranhas levemente amarronzadas, de picada mortal.

Os homens que, desde o início, estavam irritados por terem sido obrigados a seguir a pé pela mata desconhecida agora ameaçavam um motim, como às vezes ameaçavam nas barcaças. Mas nada podiam fazer, a não ser ameaçar: exceto os guias contratados pelo Chefe, ninguém sabia o caminho para lugar nenhum. Perdidos se sentiam e perdidos de fato ficariam se decidissem retraçar os passos para trás. Dali não tinham saída, a não ser à frente e, a cada infortúnio, ameaçar os guias de morte horrenda, se não os tirassem daquela mil vezes maldita e infindável floresta.

Além disso, nenhum deles se sentia com suficiente coragem para dizer em alto e bom som que a culpa é do chefe. Ainda. Mas é o que pensam e sussurram sob as árvores e, com subterfúgios, solapam sua autoridade; uma rebelião poderia ser colhida, mas falta quem possa colhê-la. Entre eles não há ninguém capaz de se opor ao líder. Não é a força bruta que o faz ser respeitado, porque a força de muitos ali poderia se equiparar à dele. É a sua cabeça. Dentre todos, nunca teve nenhum capaz de pensar como o Chefe pensava; capaz de equacionar problemas, planejar ações; prever seus resultados; potencializar as consequências. Não há outro. Por mais que muitos possam temer seus músculos e sua habilidade nas armas, é sobretudo seu cérebro que eles respeitam. Por mais amotinados que estejam, por mais desesperados para fugir daquele inferno, sabem que estarão em situação pior se o Chefe não estiver com eles. Por mais selvagens que sejam, são homens acostumados a receber ordens. Precisam delas para saber o que fazer em momentos como esses.

E se os mercenários que vão por terra imaginam que seus companheiros singram sem problemas as águas do grande rio, estão enganados. Ainda que não exatamente nesta noite em que as barcaças estão atracadas uma atrás da outra, cobrindo uma grande extensão da água escura, e os homens dormem e as sentinelas espiam a escuridão. Em noites assim, sem nenhuma estrela no céu e sem lua, as sentinelas também poderiam dormir porque é impossível ver qualquer coisa através desse ar completamente negro. Em compensação, ouvidos afiados podem escutar o menor dos mais insignificantes ruídos, e o que um deles escuta, no passar contínuo e lento das águas, é um súbito e rouco glupt, como se algo estranhamente enorme tivesse emergido do fundo.

Mas ele sequer tem o tempo de se erguer antes que a cabeçorra de Mbaê-Tatá desponte praticamente a seu lado; o terror daquele monstro que ele nunca viu, nem sabe o que é, o paralisa por segundos. A cobra gigantesca, no entanto, não faz nada.

Naquela noite, não faz nada. Olha apenas, seus olhos flamejantes agora parecendo embotados.

Tinha se aproximado para verificar se as barcaças estavam de fato vazias porque pensou que seria interessante aproveitar a noite sem lua e sem estrelas para executar de uma vez sua missão. Mas estando as barcaças vazias, seu plano não funcionaria. Pena, pena! Ficaria bonito o negror absoluto da noite se iluminar imponente quando ela se incendiasse toda com seu fogo e atacasse.

Pensar que até ela, com todo o seu poderio, nem sempre pode fazer tudo o que quer!

Volta a mergulhar a cabeçorra na água.

Terá de aguardar outro momento.

Capítulo 19

Há dias Maní e Dungu-í não veem o amigo Macu. Saem à procura dele e passam pela enorme castanheira da Pisadeira, que macera suas ervas em uma cabaça enquanto canta uma musiquinha. Uma velha tão feia, mas como canta! Sentam-se para escutar a voz, que não cabe dizer se bonita ou feia, nada se aplica a essa voz única e ancestral entoando uma melodia sem letra, vindo de alguma profundidade obscura do fundo do fundo de seu corpo. Ao ver que tinha plateia, no entanto, Pisadeira muda de tom e se põe a cantar uma de suas canções devassas que faz um sucesso danado. A velha gosta de canções devassas. Vai se acompanhando, batendo com a colher na cabaça:

A coisa caída do herói
Doida pra entrar na coisa da véia
Que não queria, não queria e não queria.
A coisa do herói aumentou
E a véia foi começando a querer
Só que avisou, Cuidado!
Aqui tem cobras, lagartixas, lacraias.
Não importa, ele disse. Eu cato.
Então cata!
A véia abriu as pernas
E ele catou e entrou.
Mas não catou tudo

> O carrapato que restou
> grudou na coisa do herói
> Que saiu maior do que entrou!

Os dois jovens riram muito e se despediram. Acharam que tinham coisa melhor a fazer e desistiram de procurar Macu. Entraram pela picada da mata até um lugar mais distante, coberto de relva macia, e lá passaram o resto da tarde brincando apaixonados e muito interessados em tudo que descobriam juntos naquela terra curiosa, e ele nela, e ela nele.

Melhor deixá-los a sós.

Deixo então meu olhar vagar até a Terra da Chuva. No alto do escarpado cinza, vejo o Rei Negro vivendo seu tormento, que agora se une à tormenta endiabrada do mar. O mesmo vento que faz seu manto colorido voar para trás também bate as grandes ondas no paredão rochoso, levantando espumas prateadas até ele, como se o mar, o próprio e detestado mar, se ajoelhasse a seus pés em clamores de saudação.

A majestade do Rei Negro é tão óbvia nesse momento que o único pensamento de quem o vê é reverenciá-lo.

Não Ganga-í. Sua juventude o torna imune a tantas reverências e sua admiração pelo irmão que fugiu cresce em revolta contra o rei, que o proíbe de ir atrás. Esse rei obcecado por uma terra que nada significa para tantos deles.

Ganga-í sabe, como todos sabem, que a família do rei, toda ela – mulher, filhos, pais, sogros, irmãos –, não estava naquela parte da aldeia quando o pedaço de terra foi levado pelo mar. Todos que o viram naquele horrendo momento contam como ele correu até a borda daquele mesmo rochedo que se afastava de sua contraparte, onde ainda se via o resto da aldeia de pé, todos olhando assombrados a terra se separando como os lábios de uma mesma boca, se abrindo em uma cratera, formando as ondas que, então, não eram as mesmas que hoje se submetem a seus pés; eram outras, gigantes, aterradoras, como se também gritassem, também clamassem, mas não contra, e sim a favor do jamais visto e absurdo afastamento.

Ganga-í se compadece desse infortúnio e, quando menino, compartilhava dos momentos de tristeza do rei ao vê-lo tão indefinidamente enlutado. Mas não depois que cresceu e entendeu que havia outras saídas. Não quando soube que um rei paralisado não pode ser um bom rei.

Todos, agora, passavam o dia trabalhando no enorme barco que se tornara sua nova obsessão. Um barco tão potente que seria capaz de atravessar de volta o mar. Um barco que nem todos querem, porque temem e não acreditam possível a travessia de volta.

Ganga-í e seus amigos estão entre os que não querem o barco. Querem fazer outra jornada, a que os leve à terra do povo que todos dizem ser amigável e acolhedor. Que todos dizem ser uma terra esplendorosa, muito mais fértil e dadivosa do que a terra de onde vieram. Então por que não ir pra lá? Não seria muito mais certo e mais seguro?

Viro meus olhos para Campá, que observa o campo à sua frente se estender puro verde até se encontrar com o horizonte puro azul sem nuvens. Não há nenhuma sombra em sua imensidão, e tampouco há sombras onde o verde encontra o azul. Há tão só a beleza quase fantasmagórica, interrompida por miragens que apenas ele vê.

Campá segue em frente, arrependendo-se de ter sido tão estúpido, de ter sido de fato injusto com Tacu. O rapazinho não agiu por mal. É certo que comeu a carne toda, sem esperar pelos que tinham ido buscar água. Saciou sua fome, sem pensar nos companheiros. Foi egoísta. Porém, mais por insensatez do que por maldade. É quase um menino ainda, não aprendeu a pensar nas consequências do que faz. Não devia ter sido tão duro com ele. Sua raiva se misturou aos roncos da barriga vazia, enjoada de comer a dias só o que Curupira e o Saci traziam – formigas bundudas, lagartas molengas, corós sem gosto das frutas, besouros de casca difícil de mastigar, folhas verdes com o mesmo gosto ácido, cipós fibrosos. Na região sem caça, com muita sorte Campá conseguira caçar um quati. Estava sonhando com um pedaço de carne e, na frustração ao chegar com as cabaças de água e só encontrar ossos, disse o que não devia dizer. Insultou o menino. Sua brutalidade assustou Tacu; assustou o grupo todo. Nunca agira assim, com esse exagero; também agiu sem pensar – ele, que deveria ser o mais equilibrado de todos para dar o exemplo ao grupo que o seguira. Era seu dever ter mais responsabilidade e maturidade que Tacu. Era seu dever proteger o grupo. Mas se deixara cegar pela fome e raiva; em seguida, ainda sem pensar, entrara por aquele campo pura imensidão, sem árvores, sem arbustos, sem um filete de água, uma extensão que a vista não era capaz de abranger na paisagem rasa de mato verde atapetando o chão. Era bom de pisar, era bonito, e ele foi entrando sem vacilação, sem se voltar para ver se o grupo vinha atrás, mas sabendo que vinha. E agora percebe que estão perdidos. Mesmo com as indicações dos amigos do couro, se perderam. Por culpa dele e sua estupidez, estavam agora ali, naquele campo verde cercado de céu azul turquesa. Belo e sem saída.

Certamente todos estavam, como ele, mais cansados, mais sedentos, mais famintos e, para completar, vendo coisas. Como ele, que vira surgir ainda há pouco uma pequena queda d'água rumorejante à sua frente, que desapareceu no ar assim que ele começou a se aproximar. Como via também surgir agora, com cheiro e tudo, um fogo armado à distância, com o que parecia uma anta inteira assando na forquilha. Tinha mesmo escutado o silvo peculiar de uma anta não muito tempo atrás, mas também achou que fosse miragem uma caça naquele descampado.

Virou-se para trás para ver se o grupo o seguia. Não viu ninguém. Ninguém!

Mas Aiá tinha aparecido várias vezes dando voltas por sobre sua cabeça, sinal de que o grupo estava vindo também. Cadê ela?

Ah, ali está; sobrevoando a miragem. Ela também sentindo cheiro de carne? Ou será também ela uma miragem? Confuso, preocupado, não resiste ao cheiro e vai no rumo de Aiá, na esperança de ali, quem sabe?, colocar sustento na barriga e reencontrar seu pessoal.

O primeiro que viu foi Saci, saltitando no lombo de uma das zebras. Sentiu tão grande alívio e alegria que juntou as forças para correr até a cena que, ah, maravilha!, não desapareceu, não era miragem, e sim eles, todo o grupo na roda à beira do fogo, assando uma anta inteira. Inteira! Um lombo de mais de dois metros de comprimento, um de altura, patas de quatro dedos nas mãos e dois nos pés; carne, carne, carne para vários dias. Capaz de encher todos os buracos da fome, ah, maravilha!

Tacu imediatamente se levanta, trazendo para ele o melhor pedaço, e se dão um abraço de desculpas recíprocas e quase choro, antes que ele também se sente à roda.

Durante um tempo só se ouve o mastigar das mandíbulas, os goles na cabaça e os olhares cúmplices e sorridentes de um para o outro.

Felicidade.

Quando, saciado, quis saber de onde aparecera aquela anta inesperada, Saci foi pulando até Curupira, de quem tirou uma fina trança de cipó com o que parecia um apito de formato estranho, pendurado em seu pescoço.

– Tá vendo isso, tá? – Mostra, orgulhoso. – Curupira que fez, foi. Fez com o casco que ele achou, sabe? Achou mesmo. E pegou o casco e amoleceu na água fervente, cê num viu? Não? Eu vi, vi sim. Vi Curu modelando bem devagarzim o casco. Devagarzim mesmo. Até virar apito de anta, viu? Foi isso. Ele que fez. – O Saci ia pondo o apito na boca pra apitar, mas Curupira, de um lance, tomou o apito das mãos dele.

– Não – disse. E voltou pra árvore, com seu apito no pescoço.

– Tá, tá, tá – disse o Saci, refeito da surpresa. – Entendi, sim. Viu? Entendi. A fome acabou. Ninguém tem barriga pra mais, tem? Quando tiver, é hora de tocar o apito. Que ela vem. Vem, sim. Pensa que é parente. Anta é bicho bobo, viu? Prá lá de bobo. Cabeça dura. Só tem de bom a carne.

– Quer dizer que agora, quando a fome vier, é só apitar? – pergunta Campã.

– Cê viu como ele é. Viu, não viu? O apito foi ele que fez. Só vai apitar quando quiser.

Sentindo que tiraram sua graça por não ser dono do apito, Saci foi pro canto mais longe possível do Curupira, e só atinou ainda em dizer:

– Só vou avisar uma coisa, viu? Curupira não sente fome.

E mais além vejo Uiara emergindo no Lago Azul, sentando-se em sua lisa pedra branca. Está lindamente enfeitada, diadema de pequeninas algas cor-de-rosa e colar de duas voltas feito de peixinhos minúsculos e coloridos que tremulam ao sol como joias. Tem o pressentimento de que o verá hoje, e mal se contém, olhando de um lado e do outro.

Mas o que primeiro escuta é uma risadinha de mulher. Aguda, estridente. Fere seus ouvidos. E só então, seguindo o riso, a voz grossa, a voz aveludada de... a voz amada de...

UINGU!

Mergulha e segue veloz até a praia.

Uingu!

Quando se aproxima e levanta a linda cabeça, com seus formosos cabelos e diadema e colar cujos peixinhos, saídos da água fresca, volteiam graciosos as escamas coloridas, ela estremece. Sente o que nunca sentiu; não sabe o que é. Um susto. Um espanto. Um não entender.

Uingu está com uma mulher.

Está sentado na praia, abraçado à dona daquela outra voz, a voz estridente, a voz que lhe feriu os ouvidos, a voz que...

Um beijo?! Não!

Uingu então a vê.

– Olha quem está ali! Vem, Nãna, vamos falar com ela.

Levanta-se animado, puxando a mão da companheira, cheio de sorrisos, mostrando os dentes brancos, até a beira da água.

– Uiara! Venha! Essa é Nãna.

Uiara vem. Lenta, confusa; mas vem. Ele a está chamando e ela vem.

– Quem é? – pergunta, engasgada de pressentimentos.

– É Nãna, minha mulher. Você vai gostar dela, Uiara. Ela dança com a serpente, é lindo o que faz. Você, que gosta da minha dança, vai adorar a dela. Mostra como você dança, amor.

Nãna, maravilhada com a visão da bela sereia das águas doces, criatura que nunca vira, não se faz de rogada e se levanta, e dança ao som de uma música e de um ritmo que só ela escuta. Uingu olha-a encantado. Uiara olha-a também, depois olha para Uingu, e aquilo que ela nunca sentiu, e que é muito ruim e parece queimar seu peito, esprema-lo, tirar seu fôlego, é uma dor, uma grande dor, seu amado que não olha para ela, olha para a outra, ela está ali e ele olha para outra... o está acontecendo... o que...

Não dá pra ficar nem mais um instante, precisa respirar.

Vira-se e mergulha, e só então Uingu olha para seu lado; vê apenas o extraordinário rabo escamado de azuis transparentes da mulher-peixe desaparecendo na água. Por um instante, decepciona-se. Queria que Nãna também gostasse da rainha das águas, conversasse com ela, se tornassem as amigas. Mas não importa. Quem sabe outro dia?

Quanto a Uiara, ela gira e gira e gira em suas águas. Seu peito está comprimido, fechado; pesado, pesado. Alguma coisa parece matá-la por dentro. Gira gira gira. Abre e fecha a boca, abre e fecha e põe a mão na garganta, no peito, curva-se, está sem forças, está como que morrendo, não sabe... não sabe o que é, não sabe o que fazer.

Entra em sua gruta, e ali se fecha para sempre.

Capítulo 20

A terra fosca é de um feio matiz marrom que vai escurecendo à medida em que nela eles botam os pés. Não há vegetação crescendo naquele solo de terra pesada, que chupa o que se acrescenta ao seu peso e por onde a vanguarda do exército do El Dorado avança com dificuldades. Os pés se afundam, e é preciso força para levantá-los.

Por que foram passar por ali?

Os guias e batedores estão bem à frente e parecem leves, como se o maldito pantanal tivesse umedecido depois da passagem deles. O Senhor e os comandantes também estão à frente, em uma elevação à beira da mata que desponta atrás e, se encontraram alguma dificuldade, deve ter sido bem menor, porque parecem olhar atônitos para os homens que vêm se atolando pela então terra firme que haviam acabado de percorrer.

Algumas fileiras compactas aos poucos conseguiram chegar à mata, por onde seguem em frente, e por sorte não se dão conta do que poderia ser a origem do ronco bizarro que acabaram de escutar. Continuam a caminhar pela mata, que lhes parece um alívio depois do campo transformado em pantanal.

Mas tal sorte não têm o Senhor e seus comandantes, do ponto elevado de observação em que se colocaram. Escutam perfeitamente o rugido estrondoso emergindo do fundo da própria terra, e a veem se abrir ao meio, tragando as fileiras de homens ainda em travessia e transformando todo o extenso pantanal em uma única e profunda cratera. Ouviram, com estupor, os gritos berros urros de tantos homens se juntarem ao clamor da erosão, até que a terra de novo se acomoda, deixando um precipício onde antes era um descampado entre duas matas. Veem, paralisados, quase metade do exército sendo engolido e soterrado. E ali ficam prostrados por longo tempo, na tentativa de entender o que tinham visto e assimilar a redução catastrófica de um exército até então numericamente invencível.

– Êita, danado!
– Curuiz!
– Agora é que eu quero ver!

O grupo dos homens e mulheres do Couro também tinha visto o acontecido do morrete onde estava, sem ser visto. Comentam, excitados, como em geral ficam os homens frente a uma catástrofe com a qual não têm nada a ver.

– Vixe, que esse povo tá é brincando com fogo!
– Tão brincando é com a terra, que, pelo visto, nem num achou graça na brincadeira.
– Melhor a gente se escafeder daqui, que essa briga não é nossa.
– Bem que podia ser, num podia? Que eu tô até tremelicando pra entrar nessa dança.
– Tenha paciência que tu ainda vai usar muito seu facão nessa vida. O Primeiro Povo num precisa da gente. Senão vira até covardia.

— Destá, jacaré... Sua lagoa há de secar — um deles diz, amuado, querendo briga.

— Mas reverdece. Com o tempo, o campo seco reverdece. Se aquiete.

E com seus apetrechos todos, eles se mandam dali.

Na aldeia do Primeiro Povo, Mais Velho e Pisadeira foram os únicos que souberam que a terra havia se manifestado. Souberam na hora. Não estavam juntos, mas era como se tivessem olhado um para o outro e entendido.

Pisadeira catava, ela mesma, presas de jararaca verde, ferrões de escorpiões amarelos com as vesículas da peçonha e rabos de tatu branco para suas mezinhas. Tava irritada com Naíma, que trouxera tudo errado da última vez, deixando seu estoque baixo. Abaixara para examinar um monte de folhas secas e ver o que tinha embaixo quando seus pés estremeceram de leve, os bichos da terra úmida se alvoroçaram ao seu redor, os troncos das árvores como que acomodaram suas raízes e os pássaros alçaram um voo coletivo.

Pisadeira sorriu achando bom.

Mais Velho, apoiado em seu cajado, estava no cemitério, em seu momento diário de comunhão com os mortos. Estava sozinho, mas teria gostado de ter Li com ele para lhe mostrar o levíssimo tremor da terra que sentiu ali, os calangos pintados correndo por entre as pedras, o tremular das folhas, a revoada das cotovias e seu arabesco rasgando as nuvens.

Sinais de regozijo, do aproximar da paz.

Ele vinha se sentindo absorto esses dias; pensamentos esparsos, difusos, intuindo aproximar seu dia de se deitar na relva entre as tumbas dos ancestrais. Talvez Li não estivesse completamente pronta para substituí-lo, mas não era motivo de preocupação, a própria vida se encarregaria de lhe ensinar o que faltava. Ela, que também andava absorta, ele observara, mas por motivos diametralmente opostos. Ele conhecera esses motivos em seu tempo de juventude. Também sentira a ardência do sexo. Também se questionara muitas vezes sobre a dureza do caminho pelo qual seu dom o guiaria, mas escolhera sem vacilações o mundo obscuramente luminoso da magia. Li também o escolheria. Terminada essa estranha guerra, ele veria chegar de bom grado sua hora. Nada a temer, nada com que se preocupar.

O mundo é bom.

Outro alvoroço, esse em comparação bem pequenino, estava acontecendo no istmo do Povo da Chuva. Guardas negros de cabelos brancos trazem dois adolescentes foragidos, liderados por Ganga-í.

Não é que o menino tinha fugido mesmo? Ele e seu grande amigo Zunun.

A chuva está rala e a aldeia se reúne na praça. Era a primeira vez que meninos, ainda mal chegados à adolescência como aqueles dois, haviam tentado a fuga. A aldeia está inquieta, temerosa, temendo por eles e suas famílias. Magros, com a voz não confiável dos púberes, olhos nada subservientes, nenhum abaixa a cabeça ao fitar o rei.

Ganga-í ergue a voz:

– TIRANO! Não queremos viver aqui. Queremos conhecer a Sol, que eles chamam de Véi, e a terra que não tem males.

O Rei Negro, do alto de sua imponência, se assusta. Tirano?! É isso que se tornara? Ele, que tanto ama seu povo e sua terra, e só quer o bem de todos?

E tal como a fresta luminosa que se espalha depois do desassossego, ele parece compreender tudo de uma vez. A nova esperança que viera com a construção do barco tornara-o capaz de voltar a entender o que a extrema angústia o fizera esquecer: que a liberdade é gêmea da vida; que sem ela homem nenhum deseja viver.

Olha à sua volta e nada vê do respeito amoroso com que o olhavam antes. O que vê são olhos temerosos, encolhidos, que não ousam mais fitá-lo; vê os súditos de sua idade, cabeças abaixadas, murchos não pelos borrifos inclementes da chuva, mas pelo vazio de desejo. Não porque tivessem desejos frustrados, é pior do que isso: é que ele há muito vem sufocando o desejo de seu povo e, agora, aterrado, percebe que seus companheiros de antes já não têm desejos.

Mais do que por ter perdido a terra de origem, seu povo se tornara assim tão infeliz por ter perdido o direito de achar outro caminho. Ele agora percebe claramente isso.

Quando, por fim, ergue a mão e fala, seu discurso não é de punição. É curto, conciso, e declara o que seu povo há muito não esperava escutar:

– Ouçam-me com atenção, pois acabo de compreender a grande verdade gritada por esse jovem, e rogo a todos o perdão. Não obrigarei ninguém a permanecer aqui, se não desejam ficar. Tampouco tentar a travessia no barco, se não desejam tentar. A data da nossa travessia se aproxima, e só irá quem desejar ir. Os que desejarem ficar ou tentar seu próprio rumo, eu os deixo com minha permissão e meu desejo de bons augúrios.

Vira-se e se dirige a passos lentos para o pequeno estaleiro onde o barco está sendo construído. Mas refaz o rumo no caminho: vai até seu penhasco. É preciso aproveitar aquele momento de iluminação e aprofundar seu pensamento, pois, admirado, o que sente é o alívio do peso que o fechara em sua dura obstinação. Por demasiado tempo ele ficara, ele também, prisioneiro da obsessiva prisão que criara para todos. Foi preciso que os jovens de seu povo lhe mostrassem seu erro. Libertara-os, e também libertara a si mesmo.

Capítulo 21

No Palácio do El Dorado, a pele do rosto de Zigalora arde de vergonha. A bofetada da mãe é humilhação que não pode suportar.

– Pérfida! Eu sei com quem você se deita.

Sim, dissera em voz alta o temível segredo, e o repete aos gritos. Pessoas com raiva dizem o que não querem, o que não pretendiam dizer. Há muito Zigalora reservara sua arma secreta para ser revelada na hora certa, mas não soube se controlar.

– Imunda! E se antes nada contei a meu pai, agora vou contar. Ele saberá a serpente que chama de esposa. Será o primeiro que contarei, tão logo ele chegue.

A fúria que corre no sangue da família faz com que trema e enfrente a mãe como jamais enfrentara.

Em suas vestes escuras, a pele da mãe parece transparente em sua imobilidade. Não queria, não poderia, não devia ter esbofeteado Zigalora. A filha é como o irmão, os dois se alimentam de ódio, e agora, com a verdade revelada como arma fatal entre as duas, não há nada mais que possa fazer. Lavrara ela mesma sua sentença. Fora um erro irreparável ter entrado na sala onde a filha estava, irreparável ter provocado sua ira. Não era sua intenção, mas se deixara levar pelo ardor da discussão. Justo ela, cuja vida fora tão cautelosamente calculada e controlada, não conseguiu se conter quando Zigalora gritou que sua vidente proclamara que Dezengor morreria. A nefasta cega que a filha mantinha presa nos subterrâneos do palácio. Não deveria ter se deixado levar, ela também, pelo ódio mórbido. Esbofeteara o rosto que gritara a horrenda mentira. Mas não devia ter perdido o controle. Havia muito pressentira que Zigalora a espiava, e agora a confirmação lhe tirava a força. Decretara sua sentença de morte. Nem Dezengor poderia salvá-la, ele também condenado. Ela própria decretara a morte dos dois. A menos que conseguissem antes matar o Senhor, mas já não teriam forças para isso. A confirmação de que Zigalora sabia de seu segredo a esvaziara.

Ah, se pudesse retroceder seus passos e nunca ter entrado naquela sala! Se tivesse forças para se lançar contra a filha, antes que a filha se lançasse contra ela. Que horrendo crime seria esse, o mais horrendo de todos! Não se julga capaz. O crime que porventura cometeu com Dezengor foi por amor. Não cometeria um crime de ódio contra Zigalora, que saíra de seu próprio ventre.

Com passos que mal a sustentam, sai da sala onde há pouco entrara tão descuidada do que viria. Já entrevê sua única outra saída. E para ela se dirige como a um cadafalso. Quem sabe assim Zigalora possa perdoar o irmão.

E nem ela nem Zigalora viram que o menino do meio, de olhos e expressão imutáveis como o pai, espiava no escuro, do fundo da cortina.

Na manhã seguinte, quando os criados vieram despertar Zigalora com a notícia da morte da mãe, um trejeito sombrio, sem surpresa, deixa entrever seus dentes amarelados. Mas não se levanta da cama imediatamente. Sabe que Cinamur já estará ordenando que seja feito o que é preciso fazer. Certamente o tio não pressentira o ato dramático da mãe se aproximando e deveria estar concentrando toda a sua inteligência para entender o que acontecera. Por fim, acabaria compreendendo. De qualquer maneira, tentará se aproximar da sobrinha, agora que ela passa a ser a autoridade maior na ausência do pai, e Zigalora o acolherá. É esperta o suficiente para saber que precisará dele, que deve conquistá-lo como aliado, antes que o Senhor chegue de volta, provavelmente derrotado, dessa guerra que acabará sendo muito útil para ela, caso a profecia da sua Cega se cumpra. E se cumprirá. Sua vidente nunca erra. O que vai fazer agora é ouvir mais uma vez o que a Cega tem a lhe dizer. Depois irá ao velório da mãe. Primeiro, escutará os presságios auspiciosos que tanto anseia por ouvir.

Mais uma vez, no entanto, sua Vidente não a recebe bem.

– Não deveria ter vindo hoje – é a primeira coisa que diz, ao senti-la entrar.

– Já estou aqui. Confirme o que devo ouvir.

– Quando o sol está baixo, não vejo.

– Basta confirmar.

– Não.

As negativas exasperam Zigalora. Quer que a vidente lhe confirme que será a herdeira quando o pai morrer, o que é de fato seu incontroverso direito como segunda na linha de sucessão. Quer que lhe confirme que a morte não planejada da mãe só lhe trará benefícios, o que lhe parece óbvio. Não está pedindo nada extraordinário. Quer apenas confirmação do que ela já sabe, todos sabem. Mas a bruxa idiota lhe nega isso. Com que direito?

– Confirme, mulher horrorosa!

A Cega já nada responde e cruza os braços finos sobre o peito.

Zigalora se acerca dela, fitando os pavorosos olhos brancos, e a sacode como se sacudisse uma criatura de pano. A Cega não suporta nenhum toque e se contorce de nojo.

— Fala, excremento dos outros! Malefício ambulante! Serei a herdeira?

Então a vidente cede, com um fio de voz:

— Nãoseránãoseránãoseránãoseránãoseránãoseránãoserá — começa a repetir como uma ladainha, que, a princípio, Zigalora não entende, e quando por fim consegue decifrar, o fio de voz sem pausa que vai se tornando cada vez mais fraco, mesmo quase inaudível, e ainda assim fere seus tímpanos com uma condenação que não estava em seus pensamentos ouvir. — Nãoseránãoseránãoseránãoseránãoserá nãoseránãoseránãoseránãoseránãoserá.

Assombrada, ela solta o pequeno corpo fragilizado, que desaba sobre a cadeira, ainda repetindo:

— Nãoseránãoseránãoseránãoseránãoserá nãoserá nãoseránãoserá.

Aturdida, Zigalora cambaleia saindo dali.

Na aldeia do Primeiro Povo, homens e mulheres bebem pajuaru, de mandioca fermentada com mel e plantas aromáticas.

Recordam as guerras antigas, as de que ouviram falar e as das quais participaram. Contam casos verdadeiros, outros inventados, contam vantagens, soltam risadas.

Entre eles, uma das mulheres está calada, quase adormecida. Outra, a seu lado, a cutuca:

— Deixa de lerdeza, Tuiuí. Você parece que não tem faísca pra nada. Vai buscar mais pajuaru pra gente.

Tuiuí se levanta e vai lá, busca a bebida e volta. Pensa que tá com vontade de sair dali, escapar da conversa tediosa, conversa de guerra chata. O que ela gosta é de casos de pescaria, e já estava pegando o rumo da sua maloca, quando um deles começa a contar uma história de pescador com o grande burlão, um herói de que ela gostava. Senta-se para escutar.

– Um índio estava pegando peixe num poço. E o grande burlão, que passava por ali, resolveu se ocultar no oco de um pau para caçoar dele, e disse, rindo:

"Tua bunda é grande! Tua bunda é grande!"

O pescador, pensando que era uma cutia que estava caçoando dele, correu atrás e matou a pobre da cutia. Depois, continuou a pescar.

O grande burlão caçoou de novo:

"Tua bunda ficou maior! Tua bunda ficou maior!"

Pensando que era um ouriço, o pescador correu atrás e matou o pobre do bicho.

Voltou a pescar, e o grande burlão voltou a caçoar:

"Tua bunda ficou maior e tua pança também! Tua bunda ficou maior e tua pança também!"

O pescador, desesperado, começou a chorar.

O grande burlão, então, saiu do pau oco e subiu numa palmeira inajá ali perto. O pescador viu, entendeu que tinha sido ele desde o começo e saiu atrás, gritando:

"Vou te matar!"

"Num faça isso", o espertalhão falou. "Tô comendo um inajá, que é fruta gostosa! Dou procê."

"Num quero nem saber! Eu quero é te matar."

"Espera que vou te mandar uma coisa pra você me matar com ela. Mas primeiro vê se pega."

E jogou pra ele um cacho pequeno de inajá.

O pescador aparou o cacho.

"Agora, aguenta outro!", gritou o espertalhão de novo.

O pescador abriu os braços e ficou esperando. O grande burlão jogou um cacho dos enormes, que caiu sobre o pescador, que desapareceu de sua vista.

O espertalhão desceu e perguntou à mulher que passava por lá:

"Cadê o homem que queria me matar?"

"Ali, com a cabeça esborrachada e enterrado no chão."

Só Tuiuí não riu. Levantou-se devagar e foi direto procurar a Véia Pisadeira. Lenta lenta lenta, parecendo ter bebido muito pajuaru, ela, que não bebeu nem uma gota.

– Que qui foi dessa vez? – pergunta Pisadeira, quando a vê chegar e se sentar perto dela.

– Num tô bem, comadre.

– Que qui dói?

– Meio que tudo.

– Assim tá difícil, comadre.

– Eu sei.

– I já ti curei demais, mulher! Desde qui tu nasceu, miudinha i fraca. Curei seu coraçãozinho fraco. Curei suas diarreias i tosses. Curei teu pulmão. Curei tua perna quebrada, quando tu caiu do umbuzeiro. Curei teu braço, quando tu caiu da ribanceira onde foi pegar argila pra teus vasilhames. Curei de mordida de cobra. Curei tuas tremedeiras, quando tu teve febre. Curei as palpitações. Já ti defumei com todo tipo de erva. Já ti dei pedacinhos picados da casca da Árvore de Prodígios pra curar teu fígado i afinar teu sangue. Acho qui num dá pra curar mais nada não. Seu coração num guenta.

– É isso que eu também acho, comadre. Ele tá batendo pouco.

– Chega aqui preu escutar.

Pisadeira escuta o coração de Tuiuí, ausculta o pulmão, apalpa a barriga, examina os ossos, escuta as veias, olha daqui, dali. Demora um tempo nesse entretém e dá sua conclusão:

– Posso fazer mais nada não, fia. Só apressar a partida e ti dar a boa-morte, quando for teu desejo. Seu corpo tá fraquim mesmo. Quando decidir, despeça do teu povo e mi avise. Mas agora fica aí descansando um pouco i toma esse chazinho pra não ti assustar. O fim de uma coisa é começo de outra. A Terra Sem Males vai tá lá ti aguardando.

– Brigada, comadre.

– De nada, fia. Tô aqui pra servir.

E as duas ficaram lá, tomando um chazinho bom que Pisadeira preparou com suas ervas maceradas e resolveu tomar também, que achou que estava precisando.

Capítulo 22

A extenuante marcha dos homens que restaram do exército do El Dorado continua encontrando obstáculos, enfrentamentos, terrores. Ainda são muitos, ainda apresentam uma grande ameaça, mas a floresta está viva, e contra eles. A cada galho cortado, outros crescem. A marcha é lenta, exasperante. Manter a disciplina é tão difícil quanto enfrentar as árvores que se amontoam, criando, em pleno dia, uma escuridão tão densa que também dificulta a travessia. Os comandantes parecem permanentemente esgotados. Apenas o Senhor suporta impávido o que acontece. Dezengor suporta de maneira radicalmente oposta: deixando um rastro de fúria. Mantêm, os dois, a maior distância possível um do outro. O filho agora permanece o tempo todo com seus homens, seus jovens fiéis, e é como se estivesse comandando seu próprio exército, na retaguarda do exército do pai.

Por isso não ouviu os berros de dor dos que estavam à frente e, ao nascer do dia, foram mijar na beira do igarapé onde haviam pernoitado. Águas límpidas, boas também de beber. Mas peixinhos minúsculos, os terríveis candirus, que eles não esperavam encontrar naquelas águas cristalinas, como que voaram pelos jatos da urina e se enfiaram pela uretra dos marmanjões. Também pelas gargantas dos que, mais acima, bebiam água. Tiveram de ser sacrificados. Mas dessa vez não por Dezengor, que ainda estava dormindo quando tudo começou. Os uivos enlouquecidos de dor daqueles homens fizeram com que seus próprios companheiros, a pedidos alucinados deles mesmos, administrassem o golpe final.

Aquele malfadado dia lúgubre não terminaria aí.

Na hora do crepúsculo, um grupo expressivo de homens extraviou-se, ninguém viu quando. Simplesmente sumiram, em algum momento da marcha. Levados por algum animal, disseram uns. Levados pelos espíritos da mata, disseram outros. Fugidos, não. Os homens do exército do El Dorado aprenderiam, mais uma vez, que a fuga é a saída mais fatal.

A contagem das perdas daquele dia foi devastadora. Mesmo o autocentrado Dezengor foi obrigado a constatar que o destacamento que começara a predominar era o dos Corpos Secos. E por mais que se encantasse com eles, era forçado a admitir que essa era uma parte de pura figuração.

Reunindo os comandantes, o Senhor discute as alternativas que ainda têm. Dos cinco, quatro acreditam que a possibilidade de vitória está ameaçada.

– Nossa estratégia de sempre atacar, com um número avassaladoramente maior, está comprometida.

– Contamos ainda com o exército dos Homens Sem Cor. Eles são em número suficiente – diz outro.

– Os poucos espiões que têm chegado com informações relataram que eles também estão sofrendo incontáveis baixas.

– Só os que seguem por terra, como nós. Os das barcaças, que são a maioria, estão incólumes.

– Não tivemos nenhuma notícia deles.

– De qualquer maneira, o maior contingente deveria ser o nosso exército. Intimidante pelo número. Não é boa tática deixar que os aliados se sintam mais poderosos do que nós.

— Por tudo isso é preciso reconhecer que a hora é de retirada — diz um deles, embora com certo receio.

— PUSILÂNIMES! CAGÕES! — Ergue-se, de imediato, a resposta esquentada de Dezengor. — Covardes! Vermes! Mesmo com um exército menor, o que vamos conquistar é um povo SEM exército! Estão esquecidos disso? Quem ousar falar de retirada conhecerá minha fúria!

— Não se esqueça do exército das mulheres-cavalos — arrisca a dizer um deles.

— MULHERES! Enfrentaremos MULHERES! Como podem ter medo de mulheres, poltrões? Eu e meus homens não admitiremos retirada. JAMAIS! — E como se já não tivesse condições de continuar ouvindo aquele bando de covardes sem esmurrar cada um deles, Dezengor se retira bruscamente.

Os homens viram-se para o Senhor, que, até então, como era do seu costume, nada dissera; só escutara, a permanente expressão imutável no rosto. A mesma expressão com que diz agora:

— Iremos ao encontro dos Homens Sem Cor no Vale dos Tamanduás, conforme acordado.

Quando os comandantes estavam para se retirar, ouviu-se um alarido na clareira onde acamparam os homens de Dezengor, um pouco adiante. E como se fosse uma confirmação das palavras que ele disse pouco antes, o motivo do alarido era uma amazona espiã que dois deles traziam arrastada. Uma mulher madura, certamente espiã experiente, tingida toda de verde. Difícil uma espiã icamiaba ser descoberta, eficientes como eram em se misturar entre galhos folhas arbustos moitas gravetos capins árvores, a ponto de se tornarem um ser da própria mata. Mas, também na guerra, o acaso é imponderável e não poucas vezes decisivo. Deve ter sido o responsável pela captura da mulher, agora já bastante ferida. No meio da grande roda de risos e imprecações, Dezengor a monta, como se fosse ela de fato um cavalo, chicoteando-a, enfiando-lhe os pés nos flancos, puxando seu pescoço para cima, como se fosse um laço. Em poucos minutos, ouve-se o estalar de um osso e seu pescoço dobra-se molemente para trás, enquanto o corpo inteiro, sem o apoio dos membros, cuja força repentinamente se fora, esborracha-se no chão, e por pouco não faz Dezengor se estatelar também. Quando compreende que a amazona morrera, desaparece o ricto de alegria que ele exibia no rosto. Ela não deveria ter morrido sem ser interrogada, a maldita, e, possesso, continua cobrindo-a de furiosos pontapés por ter morrido.

O Senhor e os comandantes, que haviam se aproximado, retiram-se imediatamente. Um deles, inconformado com a chance perdida de obter preciosas informações, tenta esboçar alguma reação, mas já é inútil.

E eu, daqui. Não suportarei ver como esses homens desumanizados e sem piedade. Com seus trajes escuros de abutres ferozes. Seguirão aviltando o cadáver de uma irmã. Recolho-me também.

Por hoje basta. Não quero ver mais.

Capítulo 23

Era inevitável: por onde olho hoje, há sofrimentos. Merecidos. Mesmo assim, sofrimentos. É o horror das guerras acontecendo, de uma maneira que os invasores não podiam imaginar. Equivocados como estavam. Em relação ao que pensavam que enfrentariam.

Mortes bizarras e imprevistas continuam também assolando o exército dos Homens Sem Cor.

À noite, acampados, poucos conseguem descansar desde que vários deles foram envenenados pela baba dos sapos corcundas que passaram sobre seus corpos adormecidos, numa daquelas noites povoadas de ruídos de procedência desconhecida e inexplicáveis ventos cambiantes que pareciam tangidos por espíritos vingativos. Sem poder mover um músculo sequer, os que foram babados pelos sapos exalaram o último dos suspiros de maneira tão fraca que sequer deu pra ouvir.

Aqueles homens fortes rudes enraivecidos, forjados no enfrentamento de perigos cotidianos, sentem que estão se desmoralizando com rapidez impensada. Uma espécie de loucura cerca-os, cada vez mais próxima, penetrando neles, solapando-os por dentro. Não é que sintam medo; não sabem o que é medo. O que sentem é algo que conhecem pela primeira vez: o absurdo da impotência frente a inimigos que não sabem quem são, nem quantos são, nem de onde vêm.

De seu esconderijo, Mazon é outro que não entende o que tem visto acontecer com os Sem Cor. Essa diminuição paulatina de tantos homens, é isso o que se passa em uma guerra? Não era, de jeito nenhum, como ele imaginava quando sua mãe contava dos enfrentamentos das Icamiabas, as grandes batalhas. Em sua cabeça, via grandes lutas frente a frente com inimigos, cada um dando o máximo de si para acabar com o outro. Mesmo nas emboscadas, o que imaginava era o que acontecia na caça aos animais: o enfrentamento dos antagonistas no momento-chave ou, caso o animal fugisse, a corrida para abatê-lo.

Mas o que via ali eram homens morrendo, um a um, sem defesas; os inimigos – piranhas candirus serpentes sapos marimbondos escorpiões aranhas venenosas – atacavam tão velozes e invisíveis que as vítimas mal podiam ver de onde vinha o perigo. Curupira lhe explicara: era a natureza se defendendo dos predadores, e protegendo o Primeiro Povo. A pedido da Grande Mãe. Sempre que o exército das Icamiabas parecia insuficiente para derrotar sozinho exércitos poderosos unidos contra elas, a Grande Mãe convocava os seres das matas e dos rios para executar seus ataques de guerrilhas.

– Maior a ameaça, melhor a defesa – resumiu o padrinho.

– Os mercenários estão diminuindo de tal jeito que é capaz de logo acabarem.

– Pra resultado bom, mais esforço.

– Esses brutamontes estão acabando mesmo, dá até pena ver. Quer dizer, sei que são desalmados medonhos implacáveis, mas tenho pena. Quer dizer, se fosse um animal, eu ia preferir matar de uma vez, sem deixar que ficasse sofrendo. O dia que for pra me matarem, vou querer que me matem de uma vez.

– Ninguém escolhe o jeito de morrer.

– Mas o de matar posso, não posso?

— Às vezes, nem sempre.
— Comigo há de ser sempre.

Curupira começa a achar que seu afilhado precisa ver outras coisas.

— Vem. Vou te mostrar uma coisa.
— Vou, mas depois a gente volta.
— Volta.

O que Curupira tinha em mente era um pouco de distração para o rapaz. Procurava algum bando de macacos para propor uma corrida. Mas eis que, por onde tinham ido, começaram a sentir cheiro de terra úmida, restos podres, minerais de fundos de buraco. Curupira ouviu o chocalhar surdo e se animou:

— Ora! Ora!
— O que é, padrinho?
— Eles tão vindo.
— Quem?
— Corpos Secos. Olha.

Mazon sentiu um arrepio, arregalou os olhos, abriu a boca. O batalhão de mortos-vivos vinha em direção a eles, passando por entre as árvores e pedras. Cabeça de caveira esburacada e chocalhar surdo dos sujos ossos encardidos de mãos e pés.

— Nada de medo – disse o padrinho. – Estão mortos. Não fazem nada.

— Vou sair daqui.
— Não precisa. Deixa passar.
— Não!
— Fica. Eles são só ar condensado. Só atravessam você. Melhor dizendo. Você é que atravessa eles.

Antes que Mazon pudesse correr, um deles veio e veio e o atravessou como uma sombra, ou foi atravessado por Mazon, tanto fazia, que acabou caindo de puro medo.

E mesmo no chão, continuou a ser atravessado pelo batalhão impalpável em marcha.

— Viu? É só ar. — Curupira se abaixou para ajudá-lo a se firmar nas pernas amolecidas.

— Mas não entendo. Qual a serventia deles?

— Isso que aconteceu com você.

— O quê? Derrubar no chão?

— Provocar o medo. Medo encurta a vida. Quem sai correndo do fantasma, cai na espada de verdade.

— E pra onde eles vão?

— Sei não.

— Vamos atrás deles? — Já refeito do susto e compreendendo o que o padrinho tentava lhe dizer, Mazon corre atrás, como se fosse uma brincadeira atravessá-los. Ri chamando o padrinho: — Vem, vem.

Curupira acompanha o afilhado, atravessando o batalhão até se cansar. Não era esse o tipo de diversão que havia imaginado para o menino, mas parece ter saído melhor do que a corrida com os macacos, que, de qualquer maneira, Curupira ganharia mesmo.

Ainda que fosse um batalhão de cadáveres, era gostoso ouvir as risadas do rapaz, depois de tanto tempo só vendo mortes.

Outro curupira que estava se divertindo era o que acompanhava o grupo dos fugitivos da Chuva. Agora companheiro das zebras, alimentava-as com o melhor capim que sabia onde encontrar.

Tinham parado para descansar perto de um pequeno rio, de águas tão negras e reluzentes como pele de cobra grande serpenteando entre os barrancos. Saci encontrara um coquinho amarelo e tava que comia, depois de ter oferecido pra todos eles e ninguém aceitado, com exceção de Tacu, que dera uma mordida e agradecera.

Encostada num açaizeiro, Inanda cantava uma canção de seu povo e Campá acompanhava com o tamborim que trouxera na trouxa.

– Será que ainda estamos muito longe de chegar? – Tacu pergunta.

– Tomara que não – diz Kanta. – Vontade de encontrar logo esse povo.

– Às vezes parece que tenho saudades de casa. Da mãe e do pai.

– Saudade tá na trouxa de quem deixa sua terra. Só arrefece quando a gente começar a gostar de outro lugar. Ei, vocês dois, parem a cantoria que tá entrando quebranto na alma do menino.

Mas o que entra no meio da clareira é Cainhamé, encarnado na alma de uma capivara desfigurada e enlouquecida, fazendo um alarido medonho, saltando e zurrando sobre si mesma. As zebras relincham apavoradas, Tacu sai correndo, e uma confusão se arma entre o grupo que não conhece o bicho enfezado e ameaçador. Saci e Curupira são os que mantêm o sangue frio e fazem o que têm de fazer: Saci pula no lombo do bicho, e Curupira se põe como isca, fazendo a capivara correr atrás dele até o barranco do rio, onde ele e o Saci então pulam de lado, deixando o bicho cair nas águas do rio pra esfriar a cabeça e tirar Cainhamé de seu corpo.

– Cabô, pessoal! – grita o Saci, voltando pra roda, todo orgulhoso com a admiração que provoca, enquanto Curupira volta pra perto das amigas. – Cainhamé entra nos bichos mortos, mas agora caiu no rio, viu? Vai custar a sair de lá, viu? Salvei vocês, hein, hein? De nada.

Capítulo 24

As covas são rasas e os cavadores estão derreados pelo calor e cansaço, o grupo de homens perplexos e revoltados que, desde a madrugada, cava covas para os companheiros mortos naquela tarde. Outra maneira inexplicável de morrer. Depois de um ataque jamais visto da nuvem virulenta de vespas venenosas que veio vindo veio vindo até baixar em um pretume só, obscurecendo o sol já fraco, e parando sobre eles e atacando como se fosse uma única massa aérea da qual faziam parte milhões milhões milhões de vespas, caindo como repentina noite sobre uma parte do acampamento.

Assim como veio se foi, deixando um rastro de homens em agonia.

Agora, sentado sob um angico, a meia distância, e observando seus homens cavando aquelas covas como em desvario, o Chefe confabula com seu Mão Direita. Também ele perplexo, também exaurido, também incapaz de compreender, e muito menos evitar, aqueles ataques incompreensíveis que os deixam devastados.

— Não é apenas azar. É uma guerra feroz da natureza contra nós – diz.

— Coisa desse povo do diabo que vamos atacar – responde Mão Direita. – Quem iria acreditar numa coisa dessa? Até os guias estão se pelando, não sabem mais por onde vão.

— Fomos longe demais desta vez. — E depois de uma pequena pausa, o homem alto e musculoso, cuja força e capacidade, as maiores que já se viu por ali, estão se revelando tão inúteis, levanta-se e se afasta. Quer pensar sozinho.

Entra pela mata mais densa, pisando nas folhas úmidas e mofadas das sombras mais escondidas.

Foi ele que aceitou a oferta do El Dorado, acreditou que seria fácil, que o inimigo eram as mulheres-cavalos. Contra elas, sabiam o que fazer. Contra essa perseguição desconhecida, a cada dia um novo jeito de atacar, não. Não sabiam de onde o próximo ataque viria nem quando, nem de quê, nem como seria. Impotência é sensação que um homem da guerra não consegue suportar. Via seus guerreiros — os que iam sobrando — se amotinarem e enlouquecerem, e com razão. Ele os estava levando direto para a morte.

Voltar estava fora de cogitação, e não só porque a palavra deles era a única que tinham. Estava fora de cogitação, inclusive, porque os homens que fugiram não foram muito longe, pegos nas mesmas armadilhas pavorosas — espias traziam relatos assim a cada fuga.

Não havia saída, a não ser avançar.

O último bando que tentara fugir encontrou, ou foi encontrado, pelo inimaginável Mianiquê-Teibê, de cuja existência duvidava até então. Os que diziam que esse monstro existia, tal como qualquer outra criatura, falavam que ele "respirava pelos dedos, escutava pelo umbigo e tinha os olhos no lugar das mamicas. A boca eram duas e estavam escondidas nas dobras interiores dos dedos dos pés". Como acreditar num estrupício desses? Antes, ele afastava essas crendices como criações do medo dos incapazes ou da imaginação de um grande inventador, mas depois do que vem acontecendo com eles, passou a acreditar em muita coisa. O espia que seguia o grupo em fuga viu o monstro, e desde então se recusara a ir espionar, seja lá o que fosse. Passou alguns dias abestado, depois sumiu no mato, tantã. Ninguém foi atrás para ver o que poderia ter lhe acontecido. Devia estar tão morto quanto todos os outros que morreram em condições cada vez mais imprevisíveis.

Não tinha nada a ver com o pavor que sentia. Como muitos de seus homens até então, era imune ao medo de qualquer tipo de morte, e qualquer tipo de vida. Pela primeira vez, no entanto, percebia que não era imune a algo que jamais sentira antes: arrependimento. Ou remorso. Culpa. Seja lá que nome tivesse, é o que vem sentindo desde que começou a entender que a natureza é que estava em guerra contra eles. É o que lhe pesa de maneira insuportável nos ombros e o faz dar os primeiros passos que ultrapassam a linha do impensável e se perguntar que tipo de vida era aquela? Para que tudo isso? Tantas batalhas, tantas mortes, tanto repúdio e ódio que ele e seus homens-exército se especializaram em provocar!

Sente-se esvaziado vendo seu exército tombar como se dentro de uma guerra invencível, sem que ele tenha sequer uma ideia para livrá-los de tantos perigos. Se a própria natureza estava tão dedicada a eliminá-los, certamente era por considerá-los indignos dela, homens que deveriam morrer.

Era a natureza lutando contra eles. Era tudo o que viam ao redor, lutando contra eles.

Pelo que haviam feito? Por toda a depredação que espalhavam? Por tudo que ainda iriam fazer?

Que inimiga imensamente poderosa eles arrumaram.

Pela primeira vez em toda sua vida, não sabe como agir, não sabe contra quem erguer suas armas, não sabe como liderar seus homens. O mundo é extraordinariamente mau, e ele não quer ter mais nada a ver com isso.

Em sua caminhada, chega a uma pequena várzea e de lá sente o cheiro do vento se transformando nas fortes rajadas de uma tempestade. Agacha-se para esperá-la passar.

Não pode mais ser o Chefe.

Capítulo 25

É manhãzinha ainda fresca e Mbaê-Tatá hoje abriu os olhos flamejantes, inspirada. Basta de brincadeiras com as barcaças. Cansou. Quer voltar para suas profundezas e retomar sua vidinha tranquila, de poderosa força mítica.

É hoje, decidiu. Vai atacar.

Com seu majestoso ímpeto, ergue-se, aproximando-se das barcaças, e todos os seres aquáticos, todos os tipos de peixes, enormes grandes medianos pequenos miúdos; todos os tipos de plantas aquáticas, as que ficam na superfície das águas, no meio ou no fundo; todos os tipos de musgos lodos limos; todos os tipos misteriosos de seres aquáticos que não se deixam ver; todos os que fazem parte de seu misterioso mundo líquido e a têm como rainha compreendem de imediato aonde ela vai chegar, e se afastam respeitosos do caminho.

Hoje o dia é só dela. O que eles fazem é se juntarem ao cortejo que, à passagem de sua imperiosa figura, vai se formando reverente, para acompanhá-la a diferentes distâncias. Os grandes peixes, corajosos e guerreiros, mais de perto; os covardinhos e miúdos, o mais longe possível; os jacarés pondo suas cabeças de fora; os botos, mansos como são, vencendo a vontade de saltitar para não chamar atenção. Pois desta vez não é apenas a cabeçorra da senhora do rio que aparece, é seu corpo inteiro, que, em todo o seu poder, se ergue das águas e se incendeia, agitando os gigantescos rabo corpo garras e cabeça flamejantes, destruindo tudo que ousa se colocar à sua frente.

Os gritos exasperados daqueles homens virulentamente curtidos em todo tipo de guerra e experimentados em todo tipo de combate, e que jamais viram algo semelhante, ecoam pelo grande rio e pela mata, de suas margens. Mesmo os que, por valentia ou reflexo, contêm o espanto na garganta e erguem suas armas sem préstimos frente a tal monstro, não têm a mais leve chance com Mbaê-Tatá que, veloz e metódica, como é do seu feitio, não deixa nenhuma barcaça inteira, nenhum ser humano para contar o que se passou.

Quando termina, se tivesse mãos e as soubesse esfregar, ela as teria esfregado pela vitória absoluta, vendo as águas do seu rio voltarem ao normal, não mais cobertas pelas fileiras das barcaças da morte, levando o barulho arruaceiro de tantos depredadores.

Mortos agora. Missão cumprida. E só então ela mergulha, mais e mais fundo, majestosa e serena, voltando ao seu milenar habitat.

Nenhum olho alheio testemunhou a batalha épica. Menos que batalha, aliás, já que não passou da demonstração do portento da Mbaê-Tatá em ação. No entanto, ao sentir o leve tremor no pico da serra onde estava, a Grande Mãe soube, e sorriu consigo mesma, regozijando-se por ter uma aliada com o poderio de sua Comadre.

Outro que também soube do acontecido foi o Mais Velho, em sua tenda, envolvido pela lenta fumaça de seu cachimbo sagrado.

– A cada momento, o perigo se torna menor – diz à Li. – Está sentindo, filha?

Não, Li ainda não estava apta a sentir a comunicação da própria terra. Com o tempo, estaria, mas por enquanto, não.

Do fundo da rede no escurinho da tenda, meu amado ergueu o rosto.

– Eu senti – diz Macu.

– E eu – ecoa Naíma.

E suas cabeças sossegaram outra vez no fundo da rede.

Pisadeira também sentiu, vendo o fogo tremeluzir debaixo do panelão que mexia, cozinhando suas poções de cura. Ê dia danado de frutífero que estava sendo o de hoje! Naíma, pra variar um pouco, fazendo uma boa coleta, com a ajuda de Macu, que às vezes se dava ao trabalho de ir com ele na milionésima tentativa de fazer o gêmeo compreender a diferença entre uma coisa e outra, entre essa erva e aquela, entre banana-pacová e banana-ourinho, entre sapo-boi e perereca, entre suçuarana e porco-espim, entre paçoca de veado e carne fresca de cutiara, entre munguzá e mingau, que hoje a boia tava que era boa porque a vida é mesmo essa, descer baía e subir floresta, e lá ia ela passar a noite toda como gosta, cozinhando no panelão seus tesouros.

He he he.

Capítulo 26

As águas do Lago Azul, paralisadas como espelho por muitos dias, agora se mexem.

Uiara está saindo de sua hibernação de amor. Compreendeu, por fim, que a vida continua e que nenhuma dor de amor é eterna. Sai da gruta submersa e volta a tomar sol em sua pedra. Não na pedra branca de antes; em outra, mais escondida entre os ramos da trepadeira de pendões de flores em tons de rosa.

Ainda não quer ver ninguém, nem que ninguém a veja.

E que ninguém se surpreenda se seu amor se transformou em ódio. O ódio que ela agora rumina fermenta, dá forma para que extravase. Para que saia dela e a deixe recuperar algum tipo de paz. Uma forma de fúria que a faz querer que todos sofram. Que sofram como ela; que sofram mais que ela. Vai matar qualquer um que aparecer. Principalmente a outra, a maldita estridente que ele ama. Fosse por solidariedade feminina ou por falta de motivação, ela jamais havia afundado uma mulher, mas abrirá exceção para a figura odiosa que dança como se fosse lombriga. Nojenta. Até Li, se aparecer por ali hoje, ela afunda. Ninguém teve pena dela, e ela não terá pena de ninguém. E se Lá aparecer, com seu jeito de pedinte, ah!, será o primeiro! Não vai cumprir acordo nenhum com ninguém. Se o Primeiro Povo não foi capaz de garantir sua felicidade, ela tampouco garantirá a deles. O que era doce acabou-se. Está amarga e possessa; completamente possessa; cegamente possessa.

A partir de agora, afundar todos e qualquer um será uma espécie de consolo.

Com mais benevolência, no entanto, outra mulher também pensa em Lá.

A icamiaba Denda, uma das que treinam os jovens do Primeiro Povo.

Sua missão está relativamente cumprida: aqueles rapazes e moças não têm o instinto de guerreiros, é certo, mas saberão se defender, caso o momento chegue.

Nesse instante, estão todos juntos, ela também, descansando na clareira central da aldeia, depois do treinamento do dia. Estão alegres, excitados, cheios de ímpetos, ao mesmo tempo querendo e temendo o que pode acontecer. Nunca viveram nem viram de perto nenhuma batalha; para eles, a ideia de uma guerra é a de um treinamento mais animado, com um ou outro sangue derramado, algum hematoma ou escoriações na testa, uma perna ou braço quebrado, coisas não tão extraordinárias, afinal. O extraordinário é a própria noção da ameaça pendente, a noção da guerra idealizada que anima seus corações e mentes. São tão tolos quanto podem ser os inocentes em momentos assim.

Entre eles, Denda procura com os olhos a figura de Lá. Esse poderia ser um bom guerreiro. Não tem o instinto, mas tem muitas das qualidades. Consequentemente, daria um bom reprodutor. Hoje talvez ainda não, mas assim que terminar esse momento de ameaças, será a hora de engravidar e dar mais uma guerreira a seu povo. Pode ser que então o procure.

Macu passa por trás do grupo, sorrateiro.
– Ei! – alguém chama. – Vem se sentar um pouco com a gente.
– Eu ou ele? – pergunta.
– Naíma? Você é ele? Ou é você mesmo?
– Eu sou ele. Ele sou eu. Tanto faz.
– Tanto faz, não, porque Naíma não é bom de história.
– Eu sou Naíma, então.
– É nada! Você é Macu. Venha, conta uma história.
– E eu lá sou de contar história?
– Conta, vai! Faz tempo que você num conta. Conta!
– Ai, meus inúmeros pecados. Contar pra quê?
– Uma só, Macu! Não seja desmancha-prazeres!
– Aaai!!! – diz ele, se conformando e sabendo que não vai conseguir escapar dessa juventude entusiasmada demais, que ainda pensa que todas as coisas no mundo existem para servir aos desejos dela. Só se saísse correndo dali, mas gosta menos de correr do que de contar histórias. O jeito é se sentar, coçar a cabeça, espreguiçar e esperar que alguma ideia lhe ocorra.
– Já contei a do Revuguivugui? – pergunta.
– Já, mas pode contar outra vez.
Ele espreguiça de novo, vira o pescoço para um lado, para o outro, para trás, distendendo os músculos, conta:
– Naquele tempo, lá bem longe de antes, que vocês não conheceram nem eu, era o tempo do Revuguivugui. A coisa que o Revuguivugui tinha era umas pálpebras que ele puxava assim, ó... e espichava os zóio até onde bem entendesse. E movia que movia essas pálpebras de um lado pro outro, e levava as bolotas castanhas dos zóio pra tudo quanto é canto. Agora, de dia, o que ele gostava mesmo era de meter os zóio entre as pernas das mulheres, seja lá

onde elas estivessem, mas principalmente no banho e nas redes. À noite, ele aparecia no mato pra assombrar os caçadores. A segunda preferência dele, depois de olhar sexo de mulher, era meter medo nos outros.

Esticava tanto os zóio que eles passavam assim, ó... muito pralém dos ombros dele: um ficava balançando num galho, o outro saltava de um lado pro outro, que nem sapo.

Até que um dia, ele cansou de espiar sexo de mulher do lado de fora. Quis enfiar seu zóio lá dentro, e a mulher era a do tuxaua. Que ficou tiririca de raiva e resolveu se vingar. Esperou Revuguivugui esticar os zóio pra descansar na sombra de um pau d'arco, e foi lá devagarzim, na sombra, arrancou os zóio dele e colocou dois caroços marrons no lugar.

Foi assim que o Revuguivugui nunca mais viu sexo de ninguém.

Tá bom procês?

Os moços já tinham escutado essa história várias vezes, mas gargalhavam com o jeito de Macu contar. Às vezes, contava com mímicas; outras, como agora, contava com tal seriedade que ficava mais engraçado ainda.

– Mais uma! Mais uma! – o coro pediu.
– Quá!
– A última! Conta!

Reconhecendo mais uma vez a falta de escapatória, com seriedade ele contou a da sopa de vagina.

– A mulher tava querendo se juntar com o homem, mas nada tava dando certo. Era só ela chegar perto que ele fugia proutro canto. Daí ela teve a ideia de fazer uma sopa pra dar pra ele.

Fez ela mesma uma panela especial de barro de terra vermelha bem amassadim. Enquanto a panela secava, catou pra tempero uma quantidade de ervas perfumosas e especialíssimas, que só a danada conhecia. Foi e pôs tudo no fogo, com um pouco da água do fundo do riacho mais fundo que tinha.

Daí, quando o caldeirão começou a ferver, ela tirou a vagina e colocou lá dentro. Deixou ir cozinhando devagarzim, em fogo bem baixo. Vira e mexe ia lá e provava o caldo pra apurar bem.

Quando ficou pronto, despejou tudo numa cumbuca e chamou o homem, que tava chegando da roça, tresvariado de fome, e nem cogitou de recusar a sopa quentinha e cheirosa. Enfiou tudo na goela e depois inda lambeu os beiços, sem saber que sopa tão apetitosa era aquela.

E desde aí, nunca mais deu conta de se afastar da mulher, sem nem se importar com o porquê.

Vejo que meu amado. Animado com seu público. Vai continuar com suas histórias. Já conheço todas. Vou ver como andam as icamiabas. Nas trevas dessa noite, em que até as árvores. Elas também. Ficam negras.

O que escuto primeiro é um coaxar diferente, como se de júbilo, que desperta Amagina. Seu olfato treinado recebe em cheio o cheiro de um perfume bom, bem nítido por entre os vários cheiros úmidos da noite. Com certeza vinha do trecho pantanoso que abriga o sapo de olhos vermelhos que ela vira no entardecer desse dia.

No breu, uma fina luminosidade atravessa as frestas das copas das árvores e indica a direção a seguir, passando por um regato de água morna e escutando o murmúrio de uma cachoeira que ela não vira antes. O raio fino incide sobre uma moita compacta em um pequeno trecho pantanoso e escuro, e à medida que se aproxima, o cheiro bom aumenta, cheiro que ela pressente vir da resina impermeável e olorosa que o sapo segrega, anunciando a chegada de algo bom.

Amagina chega bem perto e se certifica: é mesmo ele, Cunuaru, o sapo das boas-novas.

Quando o dia nascer, ela poderá dizer às suas guerreiras que a vitória será delas, e que está se aproximando.

Capítulo 27

O bando de mercenários se arrasta pelo descampado. São tão poucos agora que o Chefe não apenas pode abarcar com a vista o punhado todo, como sentir que, mesmo ainda vivos, já começam a cheirar à morte. Na noite anterior, os guias vieram dizer, se autoflagelando com cipós de espinhos, que inexplicavelmente haviam outra vez perdido a trilha para o Vale dos Tamanduás.

Debaixo de um sol de rachar cabeças, o ar que eles respiram parece torrado no forno, o calor transforma em suor seco os últimos fiapos de energia. A fome sede exaustão, o agora pânico pelo desconhecido à frente e, pela milésima vez naquele dia, o grupo para. O Chefe é o único que ainda tem força suficiente para entrar em um bosque ao lado à procura de água.

Seu pensamento divaga e ele jura que, se sobreviver àquela guerra, tomará outro caminho na vida. Tem tido visões. Visões de coisas bonitas, rios grandiosos campos verdes matas luxuriantes aves multicoloridas animais imponentes insetos pintados frutos e flores cujas belezas ele nunca percebera antes. E nem precisa dormir para que essas belezas lhe apareçam como agora, flutuando ali no lago à sua frente, em cujas águas límpidas e transparentes acabara de saciar a sede, bebendo com as mãos em concha, deixando-se ficar deitado, ali na beira fresca, admirando as gigantescas folhas verdes largas e arredondadas flutuando à altura de seus olhos. Entre elas, uma flor que ele nunca vira. Branca, de leves tons róseos, sua beleza é tal e tão impalpável, e deleita de tal forma os olhos daquele homem bruto, que só a muito custo ele consegue se erguer dali para encher de água as cabaças que trouxe para levar a seus homens. Consegue se afastar porque sabe que voltará.

Volta assim que pode, e é noite. A noite iluminada transformou a flor em uma magnífica mulher. Quase transparente, de tão branca, sobre as grossas folhas verdes de tamanho humano, os cabelos algas luminescentes, suas curvas de fêmea tão suaves delicadas e etéreas que ele estremece. O Chefe se inunda de outro sentimento que jamais sentira antes. Algo que pode, deve, ou talvez seja, o que chamam de arrebatamento e amor. A mulher também o vê, e ela também, da mesma forma, o ama. E ele se torna leve ao se aproximar dela, e as grandes folhas verdes sustentam os dois em sua entrega de amantes.

Ao sentir a primeiríssima claridade da manhã, ele sussurra:

– Venha comigo. Vamos fugir. Abandonarei meus homens, abandonarei tudo o que antes fui para ser para sempre outra pessoa com você.

– Não será possível – ela responde, com a macieza de sua natureza de flor. – Não viverei se sair daqui.

– Sim, viverá. Eu a protegerei. Sou um chefe guerreiro, o melhor deles. Farei tudo o que for preciso por você. Não deixarei que nada lhe aconteça.

– Não está em seu poder fazer isso, amado.

– Por você abandonarei a guerra, você é minha vitória, rainha.

– Não poderá ser assim.

– Confie em mim.

— Acredite você em mim: não há o que possa ser feito. Mas aquele homem, fulminado pelo extremo amor que jamais conheceu, incapaz de raciocinar ou de aceitar outro revés, no inferno de derrotas que está atravessando; ele, que sempre foi um homem de ação, que só conhece a força como maneira de reagir e que, desde o princípio dessa jornada de mortes, nada conseguira fazer contra os que dizimavam seus homens, sente na boca o sabor desesperado da impotência e não pode admitir, não pode aceitar o que ela está lhe dizendo, não pode deixar que o absurdo desconhecido o paralise outra vez, justo agora, quando pelo menos sente que pode fazer o que sabe fazer, pode usar seu poder de homem e sua força por amor, e é pela força que então comete o que será seu insano e último ato de violência.

Arranca sua amada das folhas verdes flutuantes e, obcecado, a leva nos braços para a beira do lago e a coloca no chão e a abraça com ardor demente, enquanto a vê murchar murchar murchar e, por fim, desfalecer, exalar seu último perfume em seus braços, deixando na mão calosa, cheia de cicatrizes, apenas uma flor murcha e já não branca nem rósea, mas desbotada e morta.

Não longe dali, Mazon e Curupira espiavam de longe o punhado de homens famélicos e sedentos. Agoniado, Mazon várias vezes quis buscar água e comida pra eles, mas Curupira dizia:

— Não interfira.

— Vamos deixá-los morrer assim?

— Morrerão de qualquer jeito.

— Se todos morrerem, como vou encontrar o exército do El Dorado e meu pai?

– Se é que seu pai está com eles.
– Está, sei que está. E não aguento mais ver tanta morte.
– Fecha os olhos.
– Temos de fazer alguma coisa, padrinho.
– Vamos sair daqui – disse. – Me siga.
– Pra onde?
– El Dorado.
– E se meu pai estiver com o exército?

Curupira já estava bem adiante e não ouviu, ou fingiu que não ouviu. Já tinha falado demais. Sua língua queria descansar.

Capítulo 28

Um solitário tamanduá-bandeira, pelagem cinza de listras brancas, focinho longo, orelhas diminutas, ergue os olhos pequenos e espia o grupo de homens chegar ao seu vale. Suas garras afiadas se enfiam no monte já esfarelado de terra seca à sua frente. Da boca sem dentes, a língua comprida sai e volta em movimento veloz, sentindo o ar. Aqueles homens não fazem parte de seu habitat, nem são bem-vindos ao seu vale.

Lentamente, lhes dá as costas.

Esses que chegam são os restos do antes formidável exército do El Dorado, e é para eles que o Senhor olha estarrecido, na manhã pesada de presságios. Seu exército diminuiu tanto que o destacamento dos Corpos Secos é o que mais aparece; sua inutilidade, um segredo que serve apenas para parcos momentos em uma guerra.

Entre os poucos dos verdadeiros homens que restaram, o moral é tão baixo que não parecem mais guerreiros, e sim grupos dispersos e apáticos. Nem o ódio e o temor crescente por Dezengor, a quem também culpam pela extrema mortalidade a que foram expostos, tem conseguido animá-los. A expectativa da chegada dos mercenários é a única possibilidade que traz alguma perspectiva.

Desde que chegaram ali, irritados impacientes perplexos, observam de olhos fixos o vazio da passagem imperceptível do tempo na espera.

Não sabem ainda, mas em dois dias os espias lhes trarão notícias sobre os mercenários, e de como os últimos deles morreram sedentos, na faixa de deserto causticante, quase à beira do vale onde estavam.

A estupefação é total.

Mas quando fica sabendo que o Chefe não está entre os cadáveres, o Senhor respira. Com certeza estará com o destacamento maior que virá por água; ou talvez aquele punhado de mercenários mortos tão perto seja apenas uma parte avançada que se deu mal. Com certeza, logo virá o grosso das tropas que vem por terra e a grande parte que vem pelo rio. Quer acreditar nisso. Repete várias vezes para si mesmo que só pode ser isso.

Seu olhar embotado distingue ao longe outro tamanduá que os observa. O desejo de ir até lá e matá-lo com as próprias mãos é quase incontrolável, não fosse sua força de vontade, que parece fundida a ferro e o contém.

É quando chega o mensageiro com a notícia do desaparecimento das barcaças no rio.

O Senhor não diz uma palavra. De alguma forma, é como se uma parte profunda de si mesmo já soubesse. Como se alguma coisa no fundo de sua intuição, forjada em tantos anos de experiência, já tivesse avisado que, mais uma vez, não conseguiria chegar àquela impenetrável Terra Sem Males. Recebe a notícia como petrificado, nem seu rosto nem seu corpo revelando nada do que lhe vai por dentro.

No profundo silêncio que paralisa a todos, sua voz não se eleva muito quando diz:

– Por esta vez, acabou.

Seus passos decididos voltam-se para tomar o rumo por onde vieram, mas um grito demente ecoa às suas costas:

– NÃO! ABSOLUTAMENTE, NÃO!

É Dezengor. Ele não vai voltar atrás. Não vai reconhecer a derrota de uma guerra que sequer foi travada. Está magro, febril, os olhos se esbugalhando no limite de saltar das órbitas. Sua mão direita aperta o cabo da lança com tanta rigidez que se estria de um branco azulado. A esquerda está levantada, a palma aberta para deter os homens.

O pai não discute. Está terrivelmente cansado daquele filho e o desatino veemente de sua imaturidade. Dá de ombros. Que ele faça o que bem quiser.

E a divisão do já pequeno e desfalcado exército se escancara. Os homens fiéis ao Senhor o seguem; os jovens fiéis ao filho ficam.

Tão logo o destacamento chefiado pelo pai desaparece, Dezengor não pretende esperar um minuto a mais. Está tomado por tal fúria que um vermelhão quente por entre suas pálpebras parece encharcar tudo o que vê. Em sua mente, aos trambolhões, pulsam fiapos de informações dispersas: o Primeiro Povo não tem preparo de guerra; as amazonas que os defendem ainda não chegaram, pois nenhum dos espiões viu o exército das mulheres-cavalos, devem ter se atrasado pelos caminhos ou sofrido os mesmos revezes que eles sofreram. Não há motivo para esperas.

Dá a ordem de seguir para a invasão. Seu grupo de fiéis é formado por jovens escolhidos pessoalmente por ele entre os melhores guerreiros, os mais fortes e bem treinados; o que lhes falta em experiência sobra no destemor da autoconfiança e desejo de vitória. Estão perto da terra do Primeiro Povo e avançam, eletrizados pelo desejo de se provar e mostrar o valor que sentem latejar suas veias.

Os batedores entram sem obstáculos no bosque verdejante que marca o limite do território que pretendem invadir. Atrás deles, à distância regulamentar, vem a tropa, tendo na retaguarda a fileira dos mortos-vivos, que, esses sim, permaneceram todos com eles; a voz mais alta de Dezengor é a voz que escutam.

Mas se os batedores entraram sem nada perceber, era exatamente isso o que pretendiam as icamiabas invisíveis entre os viçosos tons de verde que, depois da passagem de Dezengor com seu pequeno destacamento, aparecem por todos os lados com seus cavalos, encurralando-os na clareira escolhida, formando uma barreira verde já não de árvores, mas de incontáveis flechas disparadas ao mesmo tempo, em uma nuvem voadora e certeira. É admirável a velocidade com que a maioria dos inimigos cai; os outros se desorganizam e se dispersam, entre eles, Dezengor e os que estão próximos dele. Conseguem se arrastar até as árvores e, mais uma vez, o maior defeito e fraqueza de Dezengor, o furor incontrolável, toma conta dele.

A inesperada chuva de flechas deixara-o cego para tudo em volta, tomado pelo delírio de avançar. Acompanhado do restante de seus homens, segue pelo emaranhado dos cipós, no terreno desconhecido. São açoitados por galhos afiados que os derrubam a cada passo e, com enorme dificuldade, chegam à outra clareira em volta de um lago. Vários deles, feridos pelos cipós espinhos grossos ramos e galhos cortantes, se aproximam da água límpida para limpar o sangue do rosto pelhas troncos e braços. Também Dezengor, que escapou ileso dos galhos, mas está imundo de lama e folhas secas por ter se arrastado pelo chão na hora do ataque.

Todos estão debruçados sobre a água, quando Uiara aparece, na plenitude de seu fascínio; também tomada pelo ódio, embora vindo de fonte quase oposta, e também querendo matar. Sem grandes alaridos no revolver de suas águas e espumas, ela afunda quase de uma vez boa parte daquele bando de homens que não merece viver.

Nenhum homem merece viver, nenhum. E o primeiro a ir para o fundo é Dezengor.

É quem tem o final mais tétrico, justo por ser o primeiro. Depois de lhe tirar o sangue, ela arremessa o corpo ao primeiro cardume carnívoro que passa, um cardume de bagres que entra nele e, em poucos minutos, devora todos os órgãos, menos a pele. Dessangrado e oco por dentro, o corpo boia na superfície das águas.

Os poucos que ainda se arrastavam para a margem fogem do redemoinho das ondas que se levantam repentinas no lago, até então limpidamente calmo. Não sabem como enfrentar águas que se movem e puxam como amaldiçoadas, tragando o que alcançam. Fogem de volta ao bosque.

Entre eles também a tropa de Corpos Secos, que, na retaguarda, sem saber do que estão fugindo, ao fazerem a reviravolta inesperada, batem de frente com os troncos do bosque e neles ficam grudados. O tronco de uma árvore é o único obstáculo que os mortos-vivos não têm como atravessar. Grudam-se a eles como parasitas, e quando por seu contágio as árvores aos poucos secam, eles, isolados e longe de seus túmulos, tornam-se outra vez o nada que já eram. Ficarão ainda um bom tempo grudados nas pobres árvores, até que elas sequem e naquele trecho da mata se abra uma clareira cuja origem ninguém saberá explicar.

Quanto aos soldados, que agora são restos sem líder, não têm mais o que fazer ali; tampouco têm a menor chance de encontrar por si mesmos o caminho de casa. A chance que lhes sobra é serem encontrados pelas Icamiabas e levados como possíveis reprodutores. Estropiados, feridos, sem rumo, sentam-se sob as árvores e esperam o destino chegar.

Nenhum deles se deu conta de que ali bem perto, espiando por entre as moitas o instante endiabrado das águas, e conseguindo ver por entre as ondas e espumas convulsionadas o vulto de sua amada, estava o enciumado Lá. Que não podendo mais suportar não ter sido levado, logo ele, o ardente apaixonado, não mais resiste e, no abandono de seu desconsolo, se atira, ele também, dentro do abraço rodopiante e mortal da amada.

É o último a ser tragado.

Quando Uiara vê, entre aqueles corpos levados para o fundo e atirados aos peixes, o de Lá, estremece; demasiado tarde. Não queria ir tão longe. O jovem que agora se encontra em seus braços, lábios já azuis, pele encharcada pelas águas, tem o poder de fazê-la sair de sua voluptuosa entrega à fúria.

Ah, Uiara, o que você fez?! Como pôde tirar de um jovem a vida que mal se lhe abria?

Ah, Lá amoroso, que a queria com o amor que se entrega confiante! Que direito tinha ela de recusar um amor assim? Ah, sentimento que destroça vidas e arruína a alma do ser que ama sem limites. Por que chamam de amoroso um sentimento que se alia ao sofrimento e à morte?

Uiara passa seus finos dedos pela suave curva do pescoço másculo de Lá, pelos músculos fortes de seus braços e pernas, por seu cabelo negro e liso, que sobe e desce no remanso das águas, por seus olhos que já nada veem.

Não, Lá, não feche os olhos. Veja o leito que vou preparar para você. Veja os cardumes coloridos que convoco; os buquês das minhas flores do fundo do lago; as borbulhas do espadanar dos peixes revoando à nossa volta; as algas flutuando como um véu de delicadezas.

As águas murmuram amorosas:

Embala ele, embala ele, embala
receba seu amor.

Com extrema ternura, ela abraça o jovem que tanto a amou, acaricia seu rosto, que mantém ainda a expressão expectante de quem vai ao encontro do ser amado, beija seus frios lábios azulados. Leva-o para sua gruta, onde guardará para sempre o remorso amargo de não ter sido capaz de perceber que um amor verdadeiro estava no redemoinho mortal de seu abraço.

Distante dali, outra vítima do amor padece e também se retira do mundo. Mas nele o sentimento não deixou apenas a irremediável tristeza da ausência. Deixou também a sabedoria melancólica que acompanha o reconhecimento de um grande erro. Ele é o Chefe, que já não quer mais ser chefe de povo nenhum, de exército nenhum, a não ser do exército de seus próprios arrependimentos e perplexidades.

Retira-se dos poderes do mundo para se tornar um homem solitário, um andarilho, um ser do mato. Volta-se para a natureza, que tudo lhe deu sem que ele sequer se desse conta dessa entrega, e depois tudo lhe tomou. Foi preciso que lhe desse sua mais bela flor, o amor que ele sacrificou em seu desvario abjeto, para que por fim entendesse. A natureza é generosa em sua constante doação, mas sabe se vingar quando usurpada. Ele dedicará o que resta de vida para se redimir de tudo que lhe fez, reconhecer sua grandeza e admirá-la.

Em seu novo caminho, Mazon e Curupira voltam a encontrar o ex-Chefe, agora solitário, um caminhante só, e espiam a modificação daquele predador arrependido. O menino entende pouco o que vê, e seu padrinho, o que entende não consegue explicar. Sem nenhuma razão explícita, vão seguindo atrás dele, curiosos para ver o que pode acontecer em sua nova vida.

Naquele mesmo dia, quase ao final da tarde, chegam a uma praia coalhada de tartarugas desovando toneladas de ovos nas covas que suas patas miúdas laboriosamente abriram na areia. Emitem gritinhos estranhos, mas, naquele mar de cascos, Mazon sente-se seguro para sair do arbusto onde se esconde e roubar um ovo. Senta-se por um instante para saboreá-lo. Vira-se para procurar Curupira com os olhos, ver se ele também está comendo, mas o que vê é o ex-Chefe, que, sem nenhum ruído, encontra-se a seu lado. O menino ergue-se assustado; sem qualquer gesto de ameaça, o homem apenas pergunta:

– Por que vocês estão me seguindo?

Refazendo-se, Mazon diz que não está seguindo ninguém.

– Está. Só não sei por quê. Não se assuste, não vou te fazer mal.

O menino não sabe se acredita, mas sossega ao ver a cara do padrinho entre as folhas, na espreita. Qualquer coisa que o homem tentar contra ele, Curupira virá em seu auxílio. De qualquer maneira, não sente medo. Mesmo sendo a primeira vez que vê aquele homem de perto, de tanto espiá-lo de longe parece que já o conhece há muito tempo. Antes tão forte, agora está magro, só músculos, como se feito de rochas brancas alongadas; seu rosto mostra rugas fundas deixadas pelo sol; os cabelos desamarrados estão soltos nas costas; a impressionante cicatriz arroxeada da coxa ao joelho parece ainda maior de perto.

– O que você está buscando? – o homem pergunta.

– Meu pai.
– Quem é?
– Um homem do El Dorado. Nunca o vi.
– Sabe o nome?
– Sei.
– Então pode ser que encontre.
– Vou encontrar.

O homem fixa os olhos no menino, em cuja testa põe sua grossa mão calosa para afastar do rosto o cabelo que mais parece a juba emaranhada de um pequeno chimpanzé; quer examiná-lo melhor. A mão é enorme e cobre quase todo o rosto de Mazon, que não se intimidando, joga a cabeça para trás, enquanto vira os olhos para o local onde está Curupira. Mazon tem a pele tão queimada e tão suja que se torna quase impossível identificar sua cor original. Os olhos têm o verde escuro do muiraquitã das Icamiabas, e em nada lembra o castanho claro com laivos amarelados do povo do El Dorado. Tem o nariz grande achatado na ponta, orelhas arredondadas, corpo mostrando os músculos, embora ainda estreitos e imberbes.

O homem calado observa, como se quisesse ver o passado e o começo do menino, que começa a se irritar um pouco.

– Tá olhando o quê? Nunca viu não?
– Se quiser me seguir, você e seu amigo não precisam se esconder – o ex-Chefe responde e sai caminhando.

Mazon pensa um pouco; vai.

A fila com o homem à frente, o menino atrás e o Curupira mais atrás ainda segue pela fina faixa de areia branca entre a cobertura marrom dos cascos das tartarugas e os primeiros arbustos da mata.

Capítulo 29

O grito ecoa pelos campos matas rios lagos planícies montanhas mar, como o ribombar de um trovão festivo, reafirmando o que todos, humanos animais plantas água fogo terra e ar, já sabem:

A guerra acabou!

O eco acompanha o exército das Icamiabas, que entra em festa pelo território do Primeiro Povo, levando a confirmação da desagregação dos inimigos. A multidão se junta pelo caminho até a aldeia.

A guerra acabou!

Na clareira central, o tuxaua, Mais Velho e a Grande Mãe se reúnem na clareira, cercados pela multidão.

A guerra acabou!

Hora de festa da vitória, comes e bebes de banquete, músicas de instrumentos vozes dança acrobacias. Servem caxiri, com o doce fermento das frutas; pajuaru, feito de mandioca mel e plantas aromáticas; cauim, bebida mascada pelas moças, aluá. Tem caapi e ayahuasca para quem quiser. E de comida, de um tudo: milho cozido milho assado paçoca carne fresca de anta e cutia banana-pacová assada com todo tipo de peixe beijus ensopados disso e daquilo. Tem até carne seca no moquém, e quem perde é besta que amanhã não tem.

Das danças, primeiro a da vitória, de passos alegres e salteados em ritmo que se torna frenético. Depois, a dança da constância do espírito, que os acompanha desde sempre.

Os movimentos são mais lentos, mais conscientes, como se estivessem na invisível roda do mundo, onde dançam não apenas os presentes, mas todos aqueles que já fizeram parte desse povo. São quatro fileiras na roda: a dos mais velhos no centro, depois a dos homens e mulheres adultos, então a dos jovens, e por último as crianças, formando a roda maior, a de fora. Executam as evoluções da dança em seu elaborado simbolismo e é como se os mais velhos e os adultos dissessem aos jovens, "Eu fui você ontem", e os jovens respondessem, "Eu serei você amanhã", e as crianças completassem, "Eu também, eu também, eu também".

As icamiabas, por sua vez, fazem danças rituais, com músicas e significados um pouco diferentes, mas a mesma vitalidade. Muitos que só as viram em seus cavalos, se surpreendem com a leveza graça e remelexo das guerreiras sem seios. Já se banharam nos rios e cachoeiras e não estão mais pintadas de verde. Perfumaram com flores os cabelos e o que mais querem agora é achar um companheiro para as brincadeiras do encontro de corpos. Hoje vai ter grande distribuição de muiraquitãs, e é certo que muitas ficarão grávidas.

Fico pensando nos meus bons tempos de brincadeira. Com meu amado. Quando ele punha seu chuí de herói. Na minha nalachítchi, ai! Tempo bom!

Mas cadê ele?

Agora que a idade começa, por fim, a lhe pesar um pouco, Macu já não se diverte mais com tanta festa. Agora acha aquela barulheira toda meio cansativa e se afasta com Naíma até a castanheira da Velha Pisadeira, que nunca vai a festa nenhuma, mas tampouco está lá.

– A véia sumiu! – exclama Naíma.

– Some, mas volta. Deixa a véia – responde Macu, procurando alguma coisa por baixo das cabaças emborcadas sobre o fogão apagado. Achando o que buscava, deu um pouco pra Naíma, enfiando outro tanto na boca e, mascando, continua a entrar pela mata, em busca de outra árvore mais sossegada com sua sombra especial, a imbaúba da Preguiça Gigante. Faz tempo que não passa por lá e não vê a grande comadre, cujos movimentos extremamente lentos ele tanto aprecia. Gostaria de ser como ela, de garras tão afiadas e fortes que ninguém nem tenta tirá-la de seu galho ou incomodar seu longo sono. Nessas horas, gostaria até de ter sua massa encefálica sem tantas circunvoluções para não ter que pensar na vida nem sentir saudade de mim, sua Ci do Mato.

Li é outra que tampouco participa da festa. Saiu à procura de Lá, desaparecido sem deixar rastros. Com pressentimentos ruins, chegou ao Lago Azul, onde chamou e chamou Uiara, usando todo tipo de agrados e de ameaças, sem resultados. A bela do lago não apareceu, e essa recusa foi a confirmação de suas suspeitas: o irmão apaixonado foi levado para o fundo das águas.

Foi então que, boiando na superfície, ela vê o cadáver de um homem. Com cuidado, puxa-o para a margem, mas ao tentar levantá-lo, estranhando a forma dessangrada e oca, Dezengor imediatamente se desmilingue a seus pés, como uma folha borrachuda sem uso nem serventia.

Pelos restos de suas vestes, ela intui quem possa ser. Devolve-o às águas. Que elas cuidem de seus despojos.

Quando o novo dia amanhece, o exército das amazonas se despede, deixando ali o pequeno grupo permanente de vigilantes, entre elas, Maní. Denda vacilou, uma parte sua querendo continuar na aldeia, mas decidiu não ficar. Com o desaparecimento de Lá, ela se deitara com outro jovem na noite de festas, e espera ter ficado prenhe. Deu-lhe seu muiraquitã em forma de coruja. Quer parir em sua terra e dar a seu exército uma forte filha guerreira. Foi mesmo melhor não ter se deitado com Lá. Sentia-se estranhamente inquieta quando o via, o que não era bom sinal. Melhor não ter criado laço nenhum com ele, ou acabaria querendo ficar ainda mais tempo naquela terra de alegrias.

Lá, ah, Lá! A aldeia sente a falta dele, sem saber ao certo o que lhe aconteceu. Só Li tem certeza e, em sua tristeza, se pergunta, sem respostas, o que mais poderia ter feito para evitar a tragédia previsível. Na maloca do Mais Velho, ao fumar o cachimbo do ritual cotidiano, ela comenta:

– Quando morre uma pessoa amada, o mundo fica menor.

– O mundo fica sempre menor quando alguém morre – diz a voz rouca do Velho.

Macu comenta de sua rede, erguendo um pouco a cabeça:

– Eita! Que então nesses dias o mundo ficou foi nanico. – E aspira um pouco da fumaça, antes de voltar a se enrolar. – Aiiii, que preguiça!

Do outro lado da aldeia, rapazes e moças se banham no poço da cachoeira. Andorinhas de cor azul metálica, ventre branco, bicos diminutos fazem pouso nas reentrâncias das lajes da queda d'água e se refrescam todas ao mesmo tempo, roçando céleres os véus d'água, aos gritinhos sem harmonia.

Nenhum dos jovens presta atenção a elas. Estão comentando a guerra que não houve, a ameaça que terminou, e muitos lamentam não terem visto sequer uma batalha; queriam ter participado pelo menos de uma, depois de tanto treinamento. Queriam ter visto as icamiabas erguendo seus arcos, lançando as flechas infalíveis. Queriam ter se pintado todos com o preto do jenipapo, inclusive os dentes, para se tornarem invisíveis na mata e também atacarem, também defenderem sua terra. Sentem-se fortes, músculos tilintando, impacientes para mostrar do que são capazes. E alguns, pela primeira vez, sentem um inquieto comichão de questionamentos: por que não lhes permitiram ir atrás dos inimigos? Por que não os deixaram experimentar a própria força? Por que não lhes deixaram mostrar aos que planejavam invadi-los a força que enfrentariam, para que nunca mais voltassem a ameaçá-los, nunca mais tentassem se apoderar de sua terra? Por que não aproveitar a ocasião propícia para lhes dar, eles mesmos, uma lição inesquecível?

Sentem-se indóceis; esta noite, sairão para caçar.

Epílogo

Na Cidade das Tendas, Denda alimenta escova e acaricia seu cavalo. Depois vai se banhar com as outras guerreiras, chegadas há pouco da guerra. Sua barriga de grávida ainda não está à mostra, mas a mais velha das parteiras, a mais entendida e experiente, diz não ter dúvida de que ela terá filha mulher. Além disso, na noite em que chegaram, ela teve um sonho que agora, sentada em uma pedra da margem do ribeirão da cachoeira, conta para as icamiabas que estão mais próximas:

— Esse meu sonho foi premonitório e bonito. Sonhei que a filha que está dentro de mim nasceu no alto de uma serra grande. O corpo dela era todo rosado e transparente, o cabelo, negro encaracolado, as mãos e os pezinhos todos muito bem feitos, com seus vinte dedinhos de guerreira, e ela já veio falando. Os animais juntaram-se em volta para alegrá-la. Todo tipo de animal de que a gente gosta: potros aves jaguatiricas macacos cobras tatu quati capivara cutia veado, todos. Até que anoiteceu e minha filha sentiu fome; meus peitos ainda não tinham leite, e ela chorou. Nesse momento, um bando de beija-flores e borboletas azuis trouxe mel de flor, e lhe deram. Imediatamente, ela se calou, seu rosto todo sorriu e os animais a lamberam de alegria.

Aqui do meu canto estrelado. Escutando o sonho da paz que é chegada para o meu povo. Sinto que para mim também é chegada. A hora de ficar quieta e descansar um pouco. Dizem que um dia. Meu Macu, meu herói, vai virar estrela da constelação da Ursa Maior. Eu acredito. Meu amado é capaz de tudo. Só que, por enquanto, ele ainda não virou. E eu fico daqui esperando.

Tem mais não.

Este livro foi composto com tipografia Adobe Garamond Pro e
impresso em papel Off-White 80 g/m² na Formato Artes Gráficas.